目次

こちら、地味系人事部です。
～眼鏡男子と恋する乙女～

第一話　私が恋したのは、地味系人事部の彼でした

十月最後の金曜日。

二十時半を過ぎた品川の街は賑やかで、二次会の店を探して陽気に騒ぐサラリーマンであふれかえっていた。

大きな営業カバンを胸に抱えたまま、私――三郷芙美《さんごうふみ》は人混みの間を縫って足早に歩く。

向かっているのは、我らが株式会社フロムワンキャリア、営業一課恒例の月末飲み会だ。

営業一課は今月も課の営業目標数字を大きく達成。

きっと今頃はみんな、祝い酒を飲みながら上機嫌で盛り上がっているだろう。

ちょうど品川駅前のカラオケ店から出て来たばかりの団体客の波に巻き込まれて、もみくちゃにされながらもなんとか人波をすり抜けて店にたどり着く。

すると、店の中から一斉に店員の「いらっしゃいませ！」という声が響いた。

「――来た来た！　芙美、遅いよぉ！」

店の奥の座敷《ざしき》から、同じ営業一課に所属する同期――斉藤菜々《さいとうなな》が、私に向かって手招きをしている。

オフィスを出る前にお手洗いで入念に巻き直していた長い髪を揺らしながら、菜々はズリズリと座敷席《ざしきせき》の奥に詰めて行く。私が座るためのスペースを空けてくれているんだろう。

既にかなり酔いが回っているのか、菜々の顔はニコニコと締まりがない。そんな菜々の顔を見た瞬間、今日も彼女を連れてタクシー帰りかな、と覚悟した。

菜々はお酒自体はそれほど強いわけではないけれど、飲み会の雰囲気が好きなタイプだ。彼女がいる飲み会では、私が付き添って一緒に帰ることがいつもの流れになっている。

(タクシーで送って行っていたら、終電には間に合わないもんね。今日も菜々の家にお泊りする羽目になりそう)

腕時計を見てこのあとの段取りを考えながら、私は菜々の隣に座った。

「お疲れ様です！」

一人だけ素面《しらふ》で元気に挨拶した私の目の前には、空の皿やグラスが並んだテーブル。その周りを、お酒が進んで赤ら顔をした営業一課のメンバーたちが囲んでいる。

「三郷さん、遅かったね」

「遅れてすみません、ちょっとクライアントからの電話につかまっちゃって」

「え？　今時こんな遅い時間に電話してくるクライアントがいるんだねえ」

座敷《ざしき》に片膝を立てた今西《いまにし》さんが、そう言ってカッカッと笑った。

今西さんは営業一課の課長で、年は四十代後半くらい。

埼玉出身、埼玉在住という、生粋《きっすい》の埼玉人だ。お子さんが高校受験で第一志望に合格したと喜んでいたのは今年の頭ぐらいだったか。

いつも穏やかでメンバー思いの今西さんのおかげで、私たち若手もすぐにこの会社に馴染むことができた。今西さんはみんなのお父さん的な存在だ。

「芙美のところは中小クライアントが多いですから。昔ながらの中小のお偉いさんは、まだまだ普通に時間構わず電話かけて来ますよ。な？　芙美！」

今西さんに応対するのは課のリーダーである渡辺蓮《わたなべれん》さん。

課で最も高い営業目標を持たされているのにもかかわらず、常に大幅達成を続ける渡辺さんは、我が営業一課の稼ぎ頭だ。

ついでに言うと、私の同期である斉藤菜々の憧れの君でもある。

「そうなんですよ。新規クライアントなんですけど、用件をメールで送るとすぐに電話がかかってくるんです」

「ははっ！　いるよなぁ。メールやチャットが来ると、返信するんじゃなくてすぐ電話かけてくる人」

「メールをちゃんと見てくれてて、ありがたいことなんですけどね」

「芙美はクライアントに甘いな。週明けまで待たせたって大して変わんないだろ？」

「まあ……そうなんですけどね」

渡辺さんに向かって相槌《あいづち》を打ちながら、注文を聞きにきてくれた店員さんに生ビールを頼む。

私が話をちゃんと聞いていないと思ったのか、渡辺さんは私の横で「芙美、芙美ちゃん？　俺のこと見えてる？」とふざけて笑った。

渡辺さんは私のことも菜々のことも、いつも下の名前で呼ぶ。

会社でしか顔を合わせない間柄なのに、当然のように私を「芙美」と呼び捨てにする渡辺さんは、きっと元々他人との距離が近い人なんだろうと思う。

これが世に言う陽《よう》キャってやつか。

彼のとびっきりの社交性はうらやましいのだが、多分私には一生真似できない。

それに彼のようなタイプの男性は、先輩としては頼もしいが異性としては少々苦手だ。菜々はその親しみやすさに惹かれているみたいだけど。

「渡辺の言う通り！　中小と違って大手企業は今テレワークが基本だから、電話の文化も薄れたもんだ。昔は営業フロアの電話は日中もバンバン鳴っててなあ、新人がワンコールで電話を取るのが当たり前で……」

おっと、今西さんの昔語りが始まりそうだ。

今西さんが若かりし頃の営業部が大変だったという話は、もう何度聞かされたか分からない。本格的に昔話が始まる前に、別の話題に切り替えたいところだ。

そう思って菜々の方を見ると、彼女も私と同じことを考えていたようで……

「今西さん！　そう言えばこの前、人事から年末調整《ねんまつちょうせい》の案内が届いてましたよね？　もう年末かって思うと、なんだか一年経つのが早すぎませんかぁ？」

テーブルに身を乗り出して、菜々は不自然なまでの大声で話題を変えた。

「飲み会の席では仕事の話はしない主義なの！」と、耳にタコができるほどに菜々から聞かされている私は、彼女の相変わらずの振る舞いに下を向いて笑いを堪えた。

「年末調整とか、もう入社して三回目のはずなのに、未だに全然分からないんですよね。なんで毎年こんなに難しい書類を書かないといけないんだろう」

「菜々、分からなかったら人事に同期がいるから紹介しようか？　俺も年末調整なんて分かんないから、いつもそいつに書類一式渡して全部聞いてる」

リーダーという立場の割に、渡辺さんも随分と適当な人だ。

営業の仕事に集中するために、あえて事務作業は手を抜いているんだろうか。他人の年末調整書類を丸投げされる人事の同期の人は、さぞや迷惑しているだろう。

それでも、営業部が強いうちの会社だからこそ、人事部に少々手間をかけるくらいは大目にみてもらえているのかもしれない。

自分のための手続き書類なのだから、もう少し勉強してから聞けばいいのに……なんて思ってしまう私は、ちょっと真面目過ぎるのだろうか。

「ええっ！　いいんですか？　ぜひ紹介してくださいよぉ。なんだかお金のこととか全然分かんなくて。そもそも年末調整って、十二月の給与でお金がいっぱい返って来るやつでしたっけ？」

「確かそうだよ。税金か何かが戻ってくるんじゃなかったかな」

酔って声が大きくなった渡辺さんと菜々が、ふわふわした適当な話で盛り上がる。

年末調整って、必ずお金が戻ってくる制度だったっけ？　そんな嬉しいイベントではなかった気がするのだが。

昨年末の記憶をたどろうと考え込んでいると、ちょうど私の注文した生ビールがテーブルに運ばれてきた。

「さ、乾杯しよう。芙美」

「ありがと、菜々。皆さん遅れてすみませんでした！　今月も達成おめでとうございまーす！」

「おつかれ！　乾杯！」

どうせ今日の私は、菜々の家にお泊りコース。

せっかくの金曜日なんだし、営業目標達成を祝って、遠慮《えんりょ》なく飲んでしまおう！

私たちのビールのジョッキがぶつかる音が、笑い声と共に店に響いた。

◆

私がこの株式会社フロムワンキャリアに入社して、もう二年半が経つ。

我が社のメインとなる事業は、法人向けの研修サービスの提供。新入社員研修はもちろん、中堅社員や管理職に向けたものなど、幅広い研修サービスを扱っている。

そのほかにも個人向けのパソコンスクールの運営や、海外留学のサポート事業なんかも手掛けていて、教育業界の中でも事業のバリエーションの豊富さがウリの会社。

父親が教師だった影響もあって、私は元々、教育業界に絞って就職活動をしていた。

そんな私の第一志望の企業が、フロムワンキャリアだった。

就職活動を始める前は聞いたこともなかった企業だったのだが、就活サイトで目にした経営理念や先輩社員のインタビューがとても共感できる内容で……

なによりも、面接官をしてくれた先輩社員がみんないい方で、大学生の私達にもとても丁寧に接してくれたし、最終面接で会った社長も穏やかそうなお人柄。

もちろん大手企業の方が給料がよかったり福利厚生が整っていたり、条件面は良かったかもしれない。でも私は給料や福利厚生よりも、一緒に働く人たちとの相性を重視したかった。

その点、この会社なら私も上手くやっていけそうだと直感し、選考が進むごとに志望度が上がっていった。

いざ内定が出た時は、飛び上がって喜んだものだ。

フロムワンキャリアの研修を受けることで、一人でも多くの人が仕事に前向きになってくれたら。そんな気持ちで、現場に直接関わることのできる営業職を希望した。

希望の会社で社会人としてのスタートを切ることができるのが嬉しくて、入社の日を心待ちにしていた。

しかし、入社半年前の内定式で聞いた営業職の先輩社員のスピーチによって、当時の私は急に不安に駆られることとなった。

『――商談の相手は、クライアントの人事部長さんが多いですね。でも、中小企業が相手だと、部長をすっ飛ばしていきなり役員とご対面なんてこともあります！』

壇上に立った先輩社員は、目をキラキラさせながら内定者の私たちに向けて楽しそうに語った。

『クライアントにとって、自社の担当が若手かベテランかなんて関係ないんです。彼らが私たちフロムワンキャリアに求める価値は、営業が誰であろうと同じです。ですから皆さんも新人という立場に甘えず、ぜひ入社直後から自信と覚悟を持って頑張ってください！』

フロア全体に拍手が響き渡る中、新入社員向けのスピーチを終えた先輩社員は笑顔で手を振りながら壇上を降りた。

先輩かっこいいね。私たちも頑張ろう。

そんな風にささやき合う同期の横で、私は作り笑顔で拍手を続けた。

完全に怖気づいていた。

岡山県の田舎《いなか》でのんびり育ち、大学進学のために上京してからも、ほぼ同年代の友人たちとしか関わってこなかった私が、年配のお偉いさんたちと対等に商談なんてできるだろうか。

大学の教授に質問しにいく時ですら、ちょっぴり緊張しているというのに。

営業職が第一希望だったはずの私は、どうか他の部署に配属されますようにと祈り始めていた。

しかし運命とは皮肉なもので、内定式の数か月後に私の元に届いた辞令《じれい》には、『第一営業部営業一課勤務を命ずる』とバッチリ記載されていた。

結局私は不安を抱えたまま、営業職として株式会社フロムワンキャリアに入社することになったのだった。

株式会社フロムワンキャリア、第一営業部営業一課所属。

それが私の今の肩書き。

自信も覚悟もないまま入社した割に、今の私は渡辺さんに次ぐ稼ぎ頭として毎月の営業目標を着実に達成している。陰では密かに、私が営業一課の次期リーダー候補だと言われているとかいないとか。

そんな自覚も自信もないのだが、私を営業職に配属した人事の目が確かだったということかもしれない。

入社当初は不安しかなかった営業の仕事だが、三年目ともなるとなんとか形になっているのだから不思議だ。

それもこれも、今西さんや渡辺さんをはじめ、周りの人たちに恵まれたからだと思っている。

今西さんは、忙しい中でも時間の合間を見つけて私のクライアント訪問に同行してくれたし、渡辺さんも私の作った見積書や契約書に間違いがないか細かくチェックしてくれた。

営業一課の皆さんが温かく受け入れて育ててくれたおかげで、不安を抱えつつも、とりあえず私にできるところまではがむしゃらに頑張ってみるかと思えるようになったのだ。

しかしそんな新卒時代を経て、社会人三年目も半分が過ぎた今――

私は、このままずっと営業の仕事を続けていくかどうか迷い始めている。

一通り仕事が回せるようになってきて落ち着いたからか、私の同期入社の三年目たちにも同じような悩みを持つ子が多い。将来を見据えて資格取得のためのスクールに通ったり、転職や異動を考えたり。

社会人三年目というのは、悩み多き年頃なのかもしれない。

ちなみにそんな中で、私の一番身近な同期である菜々の目下の目標は、「クリスマスまでに彼氏を作ること！」だそうだ。

そう意気込む彼女のターゲットは、もちろん我が営業一課のエース、渡辺さん。

私だったらもう少し真面目な人がいいなあなんて思うのだが、人それぞれ好みがあるのだから黙っておこう。

◆

ようやくお開きとなった月末飲み会の帰り道。

お酒のせいで陽気になった菜々は、私の腕に手を回してはしゃぎ続けている。

「ねえ、芙美！　渡辺さんの背中、かっこよすぎない⁉」

菜々の視線の先を見ると、スーツのジャケットを脱いで振り回している渡辺さんが、今西さんに怒られていた。あの酔っ払い姿をかっこよすぎるだなんて、菜々も相当酔いが回っている。

「……菜々。ちょっと飲み過ぎ」

「芙美は好きな人とかいないの？　好きな人なら、何をしてててもかっこよく見えるんだよ。あ、そうだ！　芙美も彼氏作ればいいじゃん‼」

「はいはい、分かったよ。恥ずかしいから大声出すのやめて。タクシーつかまえるけど一人で帰れる？　私も菜々の家まで行こうか？」

「うーん……渡辺さんと同じ方向だから、一緒に乗る。渡辺さーん！」

菜々はそう言って、渡辺さんのところにフラフラと走って行く。二人が同じタクシーの中に消えていくのを見届けると、私はすぐに腕時計に目をやった。

今から走れば、終電の一本前の電車には間に合いそうだ。

営業一課の皆さんに会釈《えしゃく》して、私は品川駅の改札に向かって走った。

◆

「……ヤバッ！　遅れる！」

スマホの目覚ましアラームを無意識に止めてしまったのだろうか。

遅刻ギリギリの時間に目を覚ました私は、ベッドから転げ落ちるように飛び出した。

慌ててカーテンを開けると、秋の柔らかい朝日が部屋に差し込む。

今日からもう十一月。

下半期が始まって二ヶ月目の朝だ。

先月は個人としても課としても目標数字を達成し、最高の下半期のスタートを切ることができた。

しかし、月が変われば目標もリセットされるのが営業職の悲しいところで、今月の目標達成に向けて、また営業売上をゼロから積み上げる日々が始まる。

月末の疲れを取るために、休日はゆっくり家で本を読んだりドラマを見たり、ダラダラして英気を養った。大好きなドラマを見始めたら止まらなくなったのが、運の尽きだったかもしれない。

壁時計を見ると、もう七時四十五分を回っている。いつもならとっくに準備を終えている時間だ。

学生時代からずっと、一限の授業でも無遅刻で、朝には強いタイプだったのに……

こんなに寝坊するなんて、私らしくもない。

「月初に遅刻するのはまずいんだよ……！」

慌てて着替えて歯を磨き、綺麗にお化粧するのは諦めて、眉毛だけ描いて家を飛び出した。

大船《おおふな》駅まで徒歩なら十分ほどかかるところを全力で走る。

社会人になってから運動の習慣はなくなったが、営業職は足で稼ぐというだけあって、日々の外回りのおかげで体力には自信がある。駅までくらいの距離ならば、一気に走り切れるのだ。

改札を通った時には既に八時を回っていて、始業時刻にギリギリ間に合う電車の到着アナウンスがホームに流れていた。

（ふう……良かった、間に合った）

肩で息をしながら、よろよろと電車を待つ人の列に並ぶ。

列の最後尾でふと横を見ると、大船駅のホームの壁には、秋の鎌倉《かまくら》の写真が載ったポスターが貼られていた。白壁に瓦屋根《かわらやね》の建物を背景に、目が覚めるように鮮やかな紅葉、端っこの方には長谷《はせ》の大仏様。

できることなら私も今から下り方面の電車に乗って、鎌倉散策を楽しみたい。

でも、今日は月初の第一営業日。クライアントに先月の請求書をお渡しするために、絶対に出社しなければならないのだ。

ポスターの大仏様に後ろ髪を引かれながらも、私は東京方面行きの電車に乗る人波に身を任せた。

私が大田区《おおたく》からここ、鎌倉市の大船に引っ越してきたのは、つい二週間前のことだ。引っ越しした当初は、何故わざわざそんな遠くに……と周囲には驚かれた。

でも私はこの新しい大船ワンルーム生活が大いに気に入っている。

仕事で疲れた日には少々奮発して、グリーン券を使ってゆっくり座って帰れる。休日も少し足を延ばせばすぐそこに、観光地である古都鎌倉。

それに、鎌倉の街を歩いていると、なんとなく地元の倉敷《くらしき》にいた時のような、懐かしい気持ちになるのだ。都会過ぎることもなく、田舎《いなか》すぎることもなく。

どこかレトロな雰囲気の街並みを眺めていると心が緩む気がする。

品川までの通勤定期代は恐ろしく高くなってしまったが、通勤手当も支給されるから特に困ることもないはずだ。

満員電車に揺られながら、私はふと菜々のことを思い出した。

金曜の夜、菜々は無事にタクシーで家まで帰れただろうか？

酔って足元をふらつかせながら、「芙美も彼氏作ればいいじゃん!!」と品川の街に向かって大声でくだを巻いていた菜々。

恋する乙女《おとめ》である菜々は恋にも仕事にも一生懸命で、生き生きしている。

その真っ直ぐさは取引先のお偉いさん方にも好評で、彼女の担当先の多くは、うちの会社の商品そのものだけでなく、菜々と話すことも楽しみにしていることが多いんだとか。

一度目標を定めたらそれに向かって突き進むのが、菜々のいいところ。

何に対しても慎重で必ず一度は尻込みしてしまう私とは違い、菜々の行動力は仕事上でも、もちろん恋愛においても、ずば抜けている。

正直に言うと、好きだと思える相手がいる菜々のことが少しうらやましい。

渡辺さんに褒めてもらいたいから！　といって営業の仕事を頑張る菜々を見ていると、ついつい応援したくなる。

私もうじうじと将来のことを心配したりせず、菜々みたいに猪突猛進《ちょとつもうしん》に楽しく生きたい。

(好きな人ができたら、私も仕事をもっと前向きに頑張れたりするのかな……)

社会人になってからというもの、恋愛には全くと言っていいほど無縁の私。

そんな私にも一応、学生の頃には彼氏と呼べる人はいた。

◆

大学進学のために地方から東京に出て来たのが十代の終わり。東京での生活は何もかもが地元とは違っていて、刺激的だった。

どこにいっても人がいっぱいいいるし、時間の流れ方も心なしか都会の方が早い気がする。

必死に東京に馴染もうと奮闘《ふんとう》する私をグイグイと引っ張ってくれたのが、その元カレだった。

彼は東京生まれ東京育ちの同い年。同じ講義を取っていたことをきっかけに親しくなり、大学一年生の夏ごろに付き合い始めた。

東京タワーに登ったり、新宿御苑《しんじゅくぎょえん》でピクニックをしたり、大学生らしいデートを重ね、私たちの交際は順調だと思っていた。

それが私の思い込みだったと気付いたのは、大学三年生の頃だった。

そろそろ就職活動をしようかという時期になり、何気なく彼の志望を聞いてみると、彼は就職活動をせずに海外留学に行くという。

三年生になれば、就職活動をするのが当たり前——そう思い込んでいた私にとって、彼の海外留学の一件は青天《せいてん》の霹靂《へきれき》だった。

その自由な生き方に憧れてうらやましくも思ったけれど、私は私で当初の予定どおり、そのまま就職活動を頑張ることに決めた。

それが私、三郷芙美の人生の正解だと思ったから。

その結論を出すまでに、私は夜も眠れなくなるほど悩んだ。自分は何がしたいのか、どんな大人になりたいのか、どういう人生を、誰と歩むのか。

しかし一方彼の方は、私の就職先が決まる前にさっさと留学先に旅立って行ってしまった。三年近く付き合った私に、あっさりと別れを告げて。

（私も彼に負けないように、社会人として頑張っていくつもりだったんだけどな）

横浜駅で次々に下車していく通勤客の背中を電車の窓越しに見つめながら、私はハアッとため息をつく。

学生時代に想像していた社会人の自分は、もっと輝いていたはずだった。

一つ壁を乗り越えたら次の壁が見えてきて、仕事のやりがいを糧《かて》に一つずつ乗り越えて成長していく。そんなキラキラした未来を思い描いていた。

でも、現実はそう甘くない。

愛想《あいそ》良くすれば売上が上がるの？

上司に媚《こ》びを売れば昇格できるの？

自信がないことを隠して、自信満々に振舞えばいいの？

私には、営業職を極めるための正解がよく分からない。

何をどうしたら一歩前に進むことができるのか、いつまで経っても見えてこない。

自分自身のキャリアもしっかり描けない、中途半端な社会人三年目。

それが今の私。

営業職しか経験がないのに、このまま定年まで営業職を続けられるかと言われたら、自信も覚悟もまだないのだ。

（『彼氏作ればいいじゃん‼』……だって）

菜々に言われた言葉が、再び頭の中をぐるぐると回る。

品川駅で電車を降りオフィスに向かって歩きながら、私がもしも恋愛するなら……と考えてみる。

とりあえず頭に浮かべてみたのは、一番身近な営業一課の男性陣の顔。

私と菜々以外の男性陣は、渡辺さんを筆頭《ひっとう》にみんな人と話すのも上手だし、場を盛り上げるのも得意だ。彼らのおかげで職場の雰囲気はとても明るい。

私や菜々のような若手がなんとか仕事をこなしていけるのも、営業一課の先輩たちの背中を追いかけてきたからだ。

私は彼らを仕事の先輩として、尊敬はしている。

でも、いざ彼らを恋愛対象として考えてみると、あまり気は進まない。あのコミュニケーション力の高さをプライベートでも発揮《はっき》されると思うと、私にはちょっと荷が重い気がする。

同じテンションで対応するためにプライベートまで営業スマイルを続けていたら、あっという間に疲れてしまいそうだ。

仕事でもプライベートでも心休まる時がないなんて、多分私には耐えられない。

（ああ、そっか……多分私は、元カレの先が読めない自由奔放《じゆうほんぽう》な行動に疲れてたんだろうな）

学生の頃の私は、なんとかして都会の人たちに追いつこうと必死で背伸びをしていた。

あまり意識はしていなかったけれど、地方出身であることをコンプレックスに感じていたのかもしれない。

岡山県の倉敷市出身の私は、高校卒業までは地元の倉敷で過ごした。高校の同級生は卒業後もそのまま地元で就職する子が多かったし、私のような進学組も、県外の大学を選んだとしてもせいぜい大阪止まり。

そんな中で私はドラマで見た東京のキャリアウーマンに憧れて、わざわざ大阪を通り越して東京にある大学を受験したのだ。

自分が希望して都会に出てきたのだから、なんとしてでも都会に馴染みたい。田舎者だと思われたくない——そんな小さなコンプレックスが、私に背伸びをさせていたのだと思う。

自由で明るくて社交的な元カレに合わせるために、私も明るく元気なキャラクターであろうと頑張っていた。

でも、人の本質はそう簡単には変わるものじゃない。

私は都会的で明るい陽《よう》キャじゃないし、たまには弱音を吐きたいこともある。

もしも私が器用な人間だったら、元カレのようなタイプの人が相手でもそのままの自分を見せることが出来たんだと思う。

でも、残念ながらそう上手くはいかなかった。

だから今の私はもう、背伸びをするのはやめた。恋愛に関しても、必死で都会ぶったり自分を飾ったりしなくても、自然体のままで一緒にいられるような相手を求めているんだと思う。

営業という仕事柄、常に外面に気を遣うからこそ、プライベートでは自然体でいることを許してくれる相手。誠実で、裏表がなくて、お互い変に勘繰《かんぐ》ることなくストレートに素直な気持ちを伝え合えるような人。

（まあ、そんな贅沢《ぜいたく》な条件を満たす人が、そう簡単に見つかるわけないいんだけどね）

オフィスビルの受付の前を通ってエレベーターホールの側まで来ると、その手前で渡辺さんが知らない男性と立ち話をしているのが目に入った。

背中をこちらに向けたその人の首には、フロムワンキャリアのものらしき青色のストラップがかかっている。きっとうちの会社の人なのだろう。

向かい側に立つ渡辺さんは苦笑いをしながら、その男性に向かって両手を合わせて何かを頼み込んでいるようだ。

（あんなエレベーターの真ん前に陣取られたら、避けることもできないじゃないの）

まともに化粧もしていない状態で知り合いと顔を合わせるのは気が引ける。

私は営業カバンを胸の高い位置に抱え、俯き加減でエレベーター待ちの列に静かに並んだ。

「――年末調整って、今年どれくらい戻ってくるかな？　クライアントとの飲みとかが重なって結構大変なんだよ」

こんなところでも、渡辺さんの話のネタはまた年末調整の件のようだ。

ということは、渡辺さんと話をしている男性が、例の人事部の同期なのかもしれない。

渡辺さんの同期さん。

そこそこ長身だけど、後ろから見ても分かるくらいに細くてひょろひょろ、髪の毛はボサボサ。

本当に人間に必要な臓器《ぞうき》が全部おさまっているのか不安になるくらい、ベルトがぎゅっときつく締められている。

寝起きのまま家を飛び出した今日の私が、他人のことをどうこう言えた立場ではないのは百も承知だが、内勤の社員はあまり見た目に気を遣わなくても問題ないらしい。

営業部ではなかなか見ない地味なタイプのその人の背中を、もの珍しさでついついじーっと観察してしまった。

ボサボサ頭の男性は、首を横に振って腕を組んだ。

「年末調整は必ずしも還付されるケースばかりではないよ。渡辺は今年結構インセンティブをもらってるでしょ。逆にマイナスされて、給与がいつもより少なくなることだってある」

「はあっ？　それはきついよ！　年末年始は旅行も考えてるし、なんとかならん？」

「ならないね。人事の仕事は、正しく給与を支払うことだから」

（浪費癖《ろうひぐせ》は自業自得《じごうじとく》なのに、人事の人に相談したってどうにかなるわけがないじゃん）

不毛《ふもう》な相談をしている渡辺さんの横をしれっとすり抜けようとしたが、そうは問屋《とんや》が卸さなかったようだ。渡辺さんは私の顔を覗き込むと、月曜の朝とは思えないほどのとびっきりの営業スマイルで言った。

「お、芙美！　眠そうな顔してるじゃん。遠くに引っ越しするからだよ」

渡辺さんから見えないよう、私は胸に抱えていた営業カバンで顔を隠す。

「家が遠くても、ギリギリ遅刻はしてませんよ」

「夜も付き合い悪くなるね。なんせ家が大船じゃ」

「私は家で過ごす一人の時間が大好きだからいいんです。渡辺さんも、人事の方に無理言ったところで給料が増えるわけじゃないですからね！」

「芙美、今の俺の話聞いてたな！」

げんこつで殴るフリをする渡辺さんの前で、私は営業カバンを盾にしてふっと身を竦めた。

すると、それを見た例の人事の男性が、長い前髪と眼鏡の奥から「ううん」と唸り声をあげる。

「三郷さん、いつ引っ越ししたんですか」

淡々と、そしてはっきりと。

渡辺さんの同期の男性は、真っすぐに私の方を見て問いかけた。

「……え？　どうして私の名前を知ってるんですか？」

「失礼、僕は人事部の藤堂《とうどう》と申します。人事部所属ですから、当然社員の顔と名前は一致してます。三郷さん、いつ引っ越しを？」

「あぁっと……十月半ばだったかな」

「通勤経路変更申請《つうきんけいろへんこうしんせい》がまだですよね。通勤手当が変更になると固定的賃金《こていてきちんぎん》の変動とみなしますから、社会保険料の随時改定《ずいじかいてい》の対象となる可能性があります。それに毎月の給与だって通勤手当を日割按分《ひわりあんぶん》して計算しないといけないんです。十月に引っ越ししたのなら、ちょうど今日が申請締切日ですよ。必ず今日中に申請をしてくださいね」

無精《ぶしょう》ひげに囲まれた薄い唇から流れるように出てくる、耳慣れない呪文《じゅもん》のような言葉の数々。賃金《ちんぎん》？　社会保険？　あん……ぶん……？

身を竦めた不自然な姿勢のまま呆気にとられる私の前で、藤堂さんの眼鏡の奥で不気味な視線がキランと光った。

「出して下さい、通勤経路変更申請」

「は、はい……！　分かりました」

眼鏡の奥の小さな瞳から視線を逸らすことができず、私はしばらくその場で固まった。

藤堂さんは右手の中指で眼鏡の位置を直すと、そのまま無言でエレベーターの上階行きボタンを押す。

「おい、藤堂。営業は月初の請求書処理とかで忙しいんだから、引っ越しの申請くらいちょっと待ってやれよ」

「納期《のうき》が決まってるものは納期《のうき》通りに出すのが当然。給与を正しく振り込むためには、必要な申請が納期《のうき》までに揃ってないとね」

エレベーターの扉が開き、藤堂さんがひょこひょこと乗り込んで行く。

渡辺さんと私も慌ててあとに続こうとするが、藤堂さんが手を伸ばして私たちを制止した。

「こっちは高層階用。あなたたち営業は、低層階用エレベーターですよ」

目の前で、藤堂さんを乗せたエレベーターの扉がゆっくりと閉まっていく。

始業時間ギリギリで既に無人になったエレベーターホールに、私と渡辺さんだけがポツンと残された。

「人事部の、藤堂さん……」

——なんだろう、この感覚。

相手に話を合わせてニコニコと愛嬌《あいきょう》を振りまくのが仕事の正解だと思っていた私の世界とは、一線も二線も画す世界観。

相手の機嫌や理解度に忖度《そんたく》することもなく、ただただ正しいことを指摘して並べ立てる斬新なコミュニケーション。

（あれ？　うちの会社に今まで、こんなタイプの人いたっけ？）

「芙美、大丈夫？　あいつちょっと……いや、大分変わってるからさ。あまり気にしない方が」

「かっこいい……」

「へ？」

すっとんきょうな声を上げる渡辺さんの横で、私は確信していた。

「かっこいいです！　藤堂さん！」

「……芙美？　どうした？」

私が求めていたのは、これなのかもしれない。

会話をふわふわと適当に盛り上げて終わらせるんじゃなくて、的確で間違いのない情報を裏表なくビシッと言ってくれる相手。

何もかもが曖昧《あいまい》で行き先が分からず漂っていた私に、正しい方向を示してくれる道しるべ的な存在。

「渡辺さん！　藤堂さんって彼女いるんですか⁉」

「はあっ？　どうしたの、芙美！」

低層階用エレベーターのボタンを連打しながら、私はこれまでにない胸の高鳴りを感じていた。

（見つけた！　見つけたよ！）

間違いない。藤堂さんに対して感じる、このざわつく気持ち。

これは恋だ！　恋なのだ！

◆

月末もさることながら、月初もまた忙しいのが我が営業部だ。

特に私の担当しているクライアントは、請求書を直接持参してお渡ししなければならないところが多い。朝会が終わればすぐに品川のオフィスを出て、一日中外回りをすることになる。

売上を追いかける月末よりも、むしろ月初の方が体力を削がれてしまうのだ。

「三郷ちゃーん！　請求書できたよ！」

外回りの多い私を気遣ってか、営業アシスタントの裕美《ゆみ》さんはいつも私の請求書を一番に準備してくれる。

私は裕美さんの席まで行くと、束になって輪ゴムで止められた封筒《ふうとう》を受け取った。

「先月より担当増えたの？　三郷ちゃん」

「あ、はい！　新規が二件決まって」

「すごいじゃん！　でもさ、売れてる営業にしては髪も整ってないし、見た目がイマイチだよ。どうしたの？　心ここにあらずって感じだけど」

「そうですかね？　ヤバい、今朝寝坊したからかな」

先ほどの朝会でも、先月の売上数字を言い間違えて課長の今西さんに注意されたばかりだ。

外回りの前にせめて髪だけでも整えておくか。

前髪を手ぐしでささっと梳いてみる。

もつれた髪に指が引っかかった時に、ふと先ほどのボサボサ髪の藤堂さんの姿が頭をよぎった。

せっかく理想ぴったりの相手に出会えたというのに、なんで私は今日に限ってきちんとお化粧をしてこなかったんだろう。どうせなら、綺麗に身だしなみが整っているときに運命の出会いを果たしたかった。

でも今日のこのタイミングじゃないと、渡辺さんも藤堂さんに声をかけることはなかっただろうし……。藤堂さんは、他人の見た目なんかに興味がなさそうなタイプに見えたから、私の顔なんてまじまじと見ていないとは思うのだけど。

自分でもいけないとは分かっているのだが、藤堂さんのことを考えると地に足がつかなくて、体も心もフワフワしてしまう。

「……裕美さん、私ちょっと気になる人ができたかもしれないです」

「え？　何それ！　社内の人？」

「はい。人事部の……藤堂さんって言うんですけど」

「藤堂？　ああ、あの地味な眼鏡の人ね」

裕美さんも、藤堂さんのことを知っているらしい。

営業アシスタントは営業部の人事書類をまとめて人事部に提出しに行ったりすることもあるから、その時に顔を合わせたのかもしれない。

私も藤堂さんと仕事上の関わりがあればいいのに……と、少しだけ裕美さんのことをうらやましく感じた。

「確かに藤堂さんはちょっと地味かもしれないですけど、自分の仕事にプライドを持ってる方だと思うんです！　社員から当たり前だと思われてることを、当たり前にやり切る。間違いなく緻密に業務を遂行《すいこう》していくための無駄のない動きや考え方がすごくいいなって……」

「三郷ちゃんたら意外な趣味だね。さあ、時間ないから早く行ってらっしゃいよ」

「はあい」

会社員と三児の母という二足のわらじで突っ走る裕美さんに言われると、まるでお母さんに注意された子供みたいな気持ちになる。

私は甘えた声で返事をすると、請求書の束を持って裕美さんにペコリと軽く頭を下げた。

どうしたら藤堂さんに近付けるだろう？

どうしたらもう一度お話できるだろう？

秋の爽やかな空気の中、クライアント先をあちこち訪問して回りながらも、私の頭の中は藤堂さんで埋め尽くされていた。

どうにかして藤堂さんと仲良くなって、藤堂さんのことをもっと知りたい。

（そうだ！　年末調整の書類の書き方を質問しに行ってみるのはどうかな）

そんな不純な理由で藤堂さんのお仕事を増やすのも申し訳ないが、他に妙案《みょうあん》も思い付かない。

今こそ、私のこれまでの営業職経験を活かすチャンスだ。

取り引きのない初めての企業に訪問して、担当者に名刺《めいし》を渡すためだけに一時間食い下がれるくらいの度胸なら持ち合わせている。

藤堂さんのいる部署に突撃訪問するくらい、仕事と比べればどうってことない。

もっと藤堂さんの話を聞きたい。

彼の仕事に対する信念を語って欲しい。

どこに向かえばいいのか分からず、暗い海の上で何も見えずに漂っていた私の目の前に現れた、一筋の光。それが藤堂さんなのだ。

少々大げさかもしれないが。

◆

私が必死に請求書のバラまき訪問を終わらせてオフィスに戻った時には、既に定時を回っていた。

営業カバンをデスクに置いて、外回りのせいで乱れた髪を整え直す。

そして、年末調整の書類を持ってエレベーターホールへ。

いつもとは違う上階行きのエレベーターのボタンを押し、途中階で乗り換えて、二十三階の人事部フロアで降りる。

緊張しながらセキュリティカードをかざして開錠し、慣れない扉をそっと開いた。

（いた……！）

フリーアドレスの営業フロアとは違い、人事部は個人ごとにデスクが準備されている。積み上がったファイルや書類の隙間から、ボサボサ頭の藤堂さんが見えた。

「藤堂さん！」

勇気を出して話しかけてみる。

しかし当の藤堂さんが振り向く前に、周囲にいた社員たちが私の方を一斉に振り返った。このフロアに営業社員が来るのは珍しいのだろうか。

「……はい、三郷さん。年末調整の質問ですか？」

藤堂さんが眼鏡の位置を直しながら、私の方に振り返った。

きっと私の手に握られている年末調整書類の入った封筒《ふうとう》を見て、私がここに来た用件を瞬時に察してくれたのだろう。無駄なやり取りが一切ない、スマートな対応に惚れ惚れする。

「はい、年末調整の書類の書き方を、色々と教えていただきたくて」

「色々と……ですか。時間がかかりそうでしたら、場所を変えましょうか」

藤堂さんは無表情のまま立ち上がり、私を同じフロアの休憩スペースに通してくれた。

終始淡々とした態度に、今のところ恋愛的な脈は完全にゼロといった感じだ。

「三郷さん、質問をどうぞ」

「はい！　何をどう書いたらいいのかさっぱり分からなくて、全部教えて欲しいんです！」

（本当はまだ記入例すら見てないんだけど）

渡辺さんに対しては、もっと自分で勉強してから質問すればいいのに！　なんて偉そうなことを考えていたのにごめんなさい。

もう渡辺さんのことを適当な人だなんて言いません。

なんとなく後ろめたくて、私は心の中で何度も渡辺さんに謝った。

「なるほど、全部ですか。それではまず確認ですが、三郷さんは生命保険など、何か保険に加入していますか？」

「入ってないです。まだ二十五だし、あまり真剣に考えたことがなかったんですけど……生命保険って若いうちから入った方がいいですかね？」

「いや、加入するかどうかはご自分で検討してください。学生時代に猶予《ゆうよ》されてた国民年金を今年納めたりは？」

「してないです」

「家……は、もちろんまだ買ってないですよね」

「はい、さすがに家は買ってないです。私、まだ彼氏すらいない独り身ですし。最近、大船のワンルームに引っ越ししたばかりです。鎌倉も近いし、すごく気に入ってます。休日にふらっと気軽に鎌倉散策ができるって素敵だと思いませんか？　藤堂さんは……」

「三郷さん。僕は家を買ったかどうかの事実を確認したいだけなので」

「はあ……ごめんなさい」

藤堂さんは次々に私のプライベートに関する質問を繰り出していく。

私も一生懸命返事をしているのに、どうも藤堂さんには刺さらない。一問一答で終わってしまって、会話が続く気配はない。

営業として培ってきたはずの私のコミュニケーションスキルは、藤堂さんという壁の前で脆《もろ》くも砕け散った。

「つまり、三郷さんはこの扶養控除等申告書《ふようこうじょとうしんせいしょ》と基礎控除申告書《きそこうじょしんせいしょ》、この二枚だけ出してくれれば大丈夫です」

「えっ！　ふ、ふよこうじょ……たったそれだけでいいんですか？」

「去年もそうしませんでしたか？　申告するものが何もないんですから、それだけで大丈夫です。とりあえず期限までに必ず提出してくださいね」

そう言うと藤堂さんは立ち上がり、私を置いてさっさと自席に戻っていってしまった。チクチクと刺さる他の社員たちの視線に押されるように、私も急いで立ち上がる。

（大丈夫。今日は藤堂さんに、私の顔と名前を印象付けられただけでも十分なんだから！）

◆

藤堂さんの背中に向かってペコリとお辞儀をすると、エレベーターホールに抜ける扉に手をかける。扉は、来た時よりも妙に重く感じた。

「それでは、来週までには研修講師をアサインして、また詳細をご連絡させていただきます」

「三郷さん、頼んだよ。やっと一人前になってきた大事な若手社員たち向けの研修だからね。どうにかして、やる気を引き出してもらわないと」

「はい、もちろんです！　社会人三年目というのは、仕事に慣れてきてどうしてもマンネリ化する時期ですから。この時期に研修を入れて、マインドセットを改善していただくのはとても有効だと思います」

「そっかそっか。三郷さんも同じ若手だもんね、説得力あるよ。じゃ、よろしくね！」

クライアントとの打ち合わせを終えて会議室を出ると、担当者である人事部長さんは、手をひらひらと振りながらオフィスに戻って行った。

株式会社フロムワンキャリアは、企業向け研修サービスや海外留学のサポート事業を手掛けている会社だ。私は企業向け研修サービスの営業部門にいるので、いつもこうしてクライアントに対して社員のモチベーションアップや技術力向上のための研修のご提案をしている。

自分のモチベーションが迷子になっている時に、クライアントにモチベーションアップ研修をお勧めする……。この矛盾《むじゅん》に気付いていないわけじゃないけれど、これが私の仕事なので仕方がない。

このクライアントを含め、先月からの新規クライアントへの提案やフォローに手間取って東奔西走《とうほんせいそう》するうちに、十一月ももう終わりに近付いている。

既に月末はすぐ目の前だというのに、今月はどうも調子が悪い。

新規案件に手を取られている間に、既存クライアントのフォローが疎かになってしまっているのが原因だ。

(午後はオフィスで提案資料の作成に集中しよう)

午前中の訪問を終え、私は午後の事務作業のために品川のオフィスに戻った。

「ただいま戻りました!」

いつものように、フロアに向かって大きく挨拶をする。

お帰りなさいと返事をしてくれたのは、アシスタント島の人たちだけだ。

さすが月末が近いだけあって、営業フロアには目標達成に向けてピリピリした空気が流れ始めていた。

そんな中、渡辺さんは今月もとっくに月間売上目標を達成したらしい。フロアの端っこの休憩スペースで、お高いコーヒーを飲みながら余裕の表情を浮かべスマホいじりに余念がない。

壁に貼られた営業進捗表を見ると、渡辺さんの名前の横には赤い色紙で作られた花が飾られていた。

（うわ……さすが渡辺さんは達成早いな）

一方の私や菜々は目標の半分にも届いていない。

私はデスクに荷物を置くと、菜々をランチに誘った。この浮かない気持ちを、美味しいランチで払拭《ふっしょく》しないとやってられない。

ついこの前までジャケット一枚で外回りしていたはずの品川の街は、肌寒い空気に包まれている。厚手のコートを着て歩く人が目に入る度に、菜々は「もうすぐ冬だねえ」と嘆息した。

「何も成し遂げられてないのに、季節は着実に前に進んでいくよね」

ついつい漏れてしまった私の心の声に、菜々がニヤニヤしながら反応する。

「芙美、そのあとどうなのよ。人事部の眼鏡の人。クリスマスまでにクロージングできそう？」

「クロージングって……クライアントとの契約締結じゃないんだから」

「ふふっ。とにかく、クリスマスまでにはなんらか動きが欲しいよね」

「クリスマスかあ。今日って何日だっけ？」

「もう十一月二十四日だよ。クリスマス・イブまで残りちょうど一カ月！　私も勇気出して渡辺さんを誘っちゃおうかなあ」

十一月の、二十四日。

一・一・二・四！

根拠はないけど、なんとなく縁起《えんぎ》の良さそうな数字だ。これは、再び藤堂さんのところに突撃するチャンスなんじゃないだろうか。

無茶苦茶なこじつけだが、そうでもしないとフロアの離れた藤堂さんに会えるチャンスなんていつまで経っても訪れない。

私は菜々とのランチを終えてオフィスに戻ると、高層階行きエレベーターのボタンを押した。

「藤堂さん！　年末調整の書類を出しに来ました！」

相変わらず、人事部フロアでは私は完全アウェイだ。

元気に挨拶してみたけれど、人事部の皆さんから私に向けられる視線は氷のように冷たい。

私の大声にビクっと肩を上げて、藤堂さんは両手をキーボードに置いたまま顔だけを私の方に向けた。

そして、「また貴方ですか」と言わんばかりに片眉を上げる。

「……はい、三郷さん。年末調整の書類提出ですか？　それなら、そこの青いボックスに入れておいてください」

「分かりました！　入れますね。それと……」

「まだ何か？」

「ちょっと藤堂さんにご相談があるんですが」

忙しそうな藤堂さんの仕事の手を止めて、わざわざ上の階のリフレッシュルームに呼び出してしまった。

営業はみんな外に出ている時間だし、内勤の社員も会議に入ることが多いのか、午後二時のリフレッシュルームには誰もいなかった。

藤堂さんと私の、二人きりだ。

窓ガラスに沿って設けられたカウンター席に並んで座り、私は藤堂さんの方に向いて恐る恐る口を開く。

「……私は、第一営業部営業一課の三郷芙美と申します」

「はい、知ってます」

「藤堂さんは眼鏡がお似合いですよね。最近どうですか？」

「最近どう、とは？」

「えっと、お仕事は忙しいかな？　とか、そういうことです」

一問一答形式だとすぐに会話が終わってしまうから、あえて拡大質問を投げかけてみたのだが……。「最近どう？」という営業フロアでは定番の質問も、藤堂さんには全く通用しない。

おかしいな。営業フロアではここからどんどん話が広がって盛り上がっていくはずなのに。

藤堂さんは眉間《みけん》に皺を寄せたまま、首を傾げて考え込んでいる。

「仕事が忙しいかどうかで言うと、今は年末調整を控えてますので、人事は割と繁忙《はんぼう》期《き》ですが」

「そうですか。毎月の給料の振込とかもあるのに、さらに年末調整なんて、人事部は大変ですよね」

「まあ、十一月の給与振込はちょうど一段落したところです。それで三郷さん、ご質問とは？」

「あ、実はですね……」

さすが藤堂さん。無駄を省いて、まずは結論を聞きたいということか。

しかし、いきなりクリスマスのお誘いをするのはいくらなんでも性急すぎる。もう少し会話を続けて打ち解けてから、自然に、軽い感じで誘いたい。

「藤堂さんって、人事のお仕事楽しいですか？　私、藤堂さんのお仕事に対するスタンスをすごく尊敬していて。とにかくすごいなーって思って」

「はあ……それはどうも」

「営業って、なんだか全体的に曖昧《あいまい》なんですよ。努力したら努力しただけ売上が立つわけでもないし。逆に手を抜いている時に限って、新規契約が決まることもあります」

「そうですか」

「はい。営業と違って、人事のお仕事はとてもカッチリしてるじゃないですか。努力に比例して成果が出そうって言うか。やり方が明確に決まっていて、その通りにやれば正解！　っていう仕事なら、私もやる気が出るのになあって……」

　初めて出会った時、通勤経路変更申請について早口で語る藤堂さんは輝いていた。

　クリスマスのお誘いに来たのに、なんだか仕事の相談みたいになってしまっている。突拍子《とっぴょうし》もない話題に、藤堂さんはさぞ呆れた顔をしているだろうと思って表情を窺うと、意外にもうんうんと頷きながら聞いてくれていた。

　しばらく考え込んでから、藤堂さんはぼそっと口を開く。

「職種によってそれぞれ状況は違うでしょうが、人事の仕事にだって明確な正解なんてありませんよ。自分で色々と工夫して、頭を使って考えて、実行してみる。その繰り返しです。それでも自分の仕事が正解だったかどうかなんて分からない」

「正解は、ないってこと……」

「そうです。学校と違って仕事には教科書もない、正解もない。だから他人と比べたり、他人のやってることをなぞったりしても無意味です。三郷さんのやり方で、三郷さんが実現したいことをやるしかないんじゃないでしょうか。あえて言うなら、それが正解ですかね」

「……私にもこの会社で、正解が見つかるでしょうか」

「分かりません。でも、初めから正解が分からない仕事の方が面白いですよ」

そう言った藤堂さんは、初めて私に歯を見せて笑った。

裕美さんや菜々から「地味眼鏡男」なんて言われているけれど、やっぱり私の目に狂いはなかった。藤堂さんはとんでもなく素敵な人だ。

仕事にプライドを持って、与えられた仕事を目一杯楽しもうとする姿は輝いている。

それに比べて私は、嫌なことばかりに目を向けて不満を募らせていた。周りの人が適当だとか、何が正解か分からないとか、全てを他人のせいにして後ろ向きになっていた自分が、急に恥ずかしくなった。

「藤堂さん、ありがとうございます。なんだか少し、道が見えた気がします」

「それは良かったです。が、僕は人事部とはいえ、人事労務課の給与計算担当です。キャリア相談ならそっちの担当に相談した方がいいですよ」

「……あっ、はい。すみません」

親身に相談に乗ってくれていたと思ったら、最後はバッサリ切り捨てられた。

でも、そんな藤堂さんがやっぱり好きだ。

「……そういえば藤堂さんは、鎌倉に行ったことはありますか？　私、最近鎌倉市に引っ越ししたんですけど、もしよければ休日に一緒に鎌倉を……」

「……」

「あれ？　藤堂さん、聞いてます……？」

「…………三郷さん！」

「はいぃっ！」

勇気を出して鎌倉散歩に誘おうとした私の言葉を遮って、藤堂さんが聞いたこともないような大声を出した。

驚いた私は思わず、カウンター席から滑り落ちる。

「ど、どうしましたか。藤堂さん」

「通勤経路変更申請、出しました？」

「……あっ、そういえば」

「十月に引っ越したと言ってましたね？」

「はい、十月半ばに。でも月初のバタバタで申請するのを忘れて……」

「十月の通勤手当は、明日二十五日払いです！」

慌てた様子で声をひっくり返しながら言った藤堂さんは、カウンター席から転げ落ちた私の手を引っ張った。

「急いで！」と言いながら、リフレッシュルームを飛び出していく。

◆

「とりあえず、これ書いて！」

リフレッシュルームから階段を走り降り、人事部フロアに戻ってきた私たち。

藤堂さんはプリンターから何かを印刷して、私の立っているすぐ側のテーブルの上に出力した紙を置いた。

胸のポケットからボールペンを取り出してカチカチと芯を確かめると、私の右手にそれを押し付ける。

「品川と大船の通勤経路と、定期代を記入して下さい！　三郷さん、今印鑑《いんかん》持ってないでしょ、サインでいいから！」

「……あ、はいっ！」

ついさっきまで藤堂さんに握られていたボールペンを、私も焦ってカチカチと何度も押す。

大船からの通勤定期代、いくらだったっけ。

ゴソゴソと携帯電話を取り出して、自分の通勤経路を画面に入力して検索する。

藤堂さんは自席に戻ると、椅子に浅く腰かけてカタカタとキーボードを打ち始めた。高速でテンキーを叩く指の動きは、まるでピアニストかというほどに速くて技巧的《ぎこうてき》だ。

「三郷さんの直属の上司は誰？」

「営業一課の今西課長です」

「今西さんね。その書類書き終わったらスキャン取るからすぐに下さい。今西さんにチャットでPDF《ピーディーエフ》送って、承認取って証跡にします」

（……え？　もしかして藤堂さん、明日振込の給料に定期代を間に合わせようとしてくれているの？）

申請書とボールペンを藤堂さんに手渡しながら、私はふとデスクにあるカレンダーに目をやった。

明日は十一月二十五日、給料の振込日だ。

とっくに全社員の給料の振込手続きなんて終わっているはずなのに、それを今から取り消して、修正してくれるということだろうか。

元はと言えば、私が月初の請求書対応に追われて通勤経路変更の申請を提出し忘れたのが悪いのだ。

藤堂さんは私にちゃんと申請の締切も伝えてくれていた。それにもかかわらず、藤堂さんとの出会いに浮かれてきちんと対応しなかったのは私の方だ。

(それなのに、私のためにこんな必死に対応してくれるなんて……!)

「藤堂さん! 私、今月の通勤手当が減っても全然大丈夫です。ただでさえ今は人事部の皆さんがお忙しい時期なのに、来月から変更とかで私は大丈夫で……」

「——違う!」

藤堂さんはキーボードのエンターキーを、ターン! と高らかに打って振り返る。

「社員が生活に困ってるか困ってないかなんて、人事はそこまで知りません。ただ僕たちは、社員が働いた分きっちり正しく給与を支払うだけ。当たり前のことを当たり前にやり切る。それが人事だ」

無言で黙々と仕事をする人事部社員たちの前で、藤堂さんの裏返った声が響き渡る。

その直後、藤堂さんのパソコンからチャットメッセージが届いたことを告げる「ピコン」という電子音が鳴った。今西さんから私の通勤経路変更を承認します、という返信があったらしい。

藤堂さんはパッと腕時計に目をやると立ち上がって、近くにかけてあった上着を手に取った。

「まだ銀行窓口開いてる。すみません! 僕ちょっと銀行行ってきます」

バタバタと出て行く藤堂さんに対して、人事の社員たちは興味のなさそうな声で

「いってらっしゃーい」と口々に声をかける。

「あっ、藤堂さん！　私も一緒に……」

「三郷さんは自分の仕事、あるでしょ」

エレベーターホールに繋がる扉の取っ手に手をかけて振り向いた藤堂さんの口元には、うっすらと笑みが浮かんでいる。

ちゃんと対応しなかった私を非難しても怒ってもいいはずなのに、藤堂さんの表情は何故か誇らし気だ。フロアを出て行く時にこちらに見せた彼の背中には、「僕に任せろ！」と書いてあったような気がした。

（やっぱり素敵な人。それに比べて、藤堂さんに迷惑をかけた自分が恥ずかしすぎるよ……！）

藤堂さんを追いかけて、私も急いでエレベーターホールに出る。

しかし藤堂さんは既にエレベーターに乗って下に降りてしまったのだろう、ホールにはもう誰の姿もなかった。

私の頭の中に、先ほどの藤堂さんの言葉が蘇る。

『三郷さんは自分の仕事、あるでしょ』

そうだ。藤堂さんがこうして必死で人事の仕事をまっとうしようとしているのだから、私も自分の仕事に戻らなければいけない。

営業の嫌な面ばかりに目をやって不満を募らせたり、仕事中に藤堂さんのことばっかり考えたり。こんなに後ろ向きで仕事に対して不誠実な今の私は、藤堂さんにふさわしくない。

藤堂さんは人事の仕事をやる。

私は営業の仕事をやる。

目の前のことを一つ一つ誠実に、自分の思い描いた正解に向かって走ろう。

私はエレベーターの前を素通りして階段に続く扉を開けると、営業部のフロアまでぐるぐると長い階段を降りて行った。

◆

「藤堂さん、先月はありがとうございました。大船までの定期代、ちゃんと振り込まれてました」

「わざわざ御礼なんて結構ですよ。何度も言うけど、給与を正しく支払うのが人事の仕事なんだから」

怒涛《どとう》の追い上げで十一月の売上目標をなんとかクリアした私は、懲りずにまた人事部のフロアを訪れている。

そろそろ人事部の皆さんも私の姿を見慣れてきたのか、藤堂さんの席の近くにいても彼らの視線が刺さってくることがなくなった。

むしろ、「いつもお疲れ様」なんて声をかけてくれる人もいるほどだ。

こうしてアウェイな場所にすぐに溶け込むことができるのも、私がこの会社で培ってきた営業職経験の賜物《たまもの》かもしれない。

なんだかんだ言って、私もいつの間にか社会人として成長していたようだ。

「改めて、申し訳ありませんでした。私が期限までに申請をしていれば良かっただけの話なので。これからは事務処理も漏れなくできるように頑張ります」

「いや、僕も三郷さんが転居したことを事前に聞いていたのに、申請が出てないことに気付けなかったから。こちらこそ申し訳ない」

「そんな！　あれは立ち話でちょっと話題に出ただけですし……」

「うちがもっと大企業だったら、そこまで丁寧にはフォローできないかもしれませんね。でも、一人一人の顔を覚えられるくらいの規模の会社の人事部だからこそ、できることもある」

藤堂さんの眼鏡に、天井の蛍光灯が反射してキラリと光る。

（やっぱり藤堂さんはかっこよすぎる！）

じんと熱くなった胸に、私は自分の両手を当てた。

人事部の給料の計算担当なんて、とんでもなく地味な仕事ね！　なんて営業アシスタントの裕美さんは言っていたけれど、私はそうは思わない。

藤堂さんの仕事は社員の生活の当たり前を守る、立派な仕事だ。

給料なんて正しく振り込まれて当たり前だとみんなが思っているのは、こうして藤堂さんたちが必死で仕事をしてくれているからなのだ。

『当たり前のことを、当たり前にやり切る』

そう言い切った藤堂さんの姿は、今まで出会った誰よりも素敵だった。

自分の仕事に自信とプライドを持って迷いなく走って行く藤堂さんは、会社の先輩としても一人の人間としても、私の理想の人だ。

十一月の営業売上目標を達成したら、藤堂さんに伝えたいことがあった。

藤堂さんのことが好きです！　なんて告白するのは、さすがにまだ早い気がしている。

でも私は藤堂さんと二人で過ごして、彼の話をもっと聞いてみたい。

藤堂さんと一緒にいると、私まで仕事に前向きになれる気がするから。

「藤堂さん！　クリスマス・イブって何か予定はありますか？　仕事終わりにお食事でもどうかなって。今回の御礼をしたいですし」

「クリスマス・イブですか？　暦《こよみ》でいうと何日でしょう」

「暦《こよみ》で言うの……？　えっと、イブは二十四日です。十二月二十四日。一・二・二・四！　数字的に、なんだか良い日になりそうですよね。それに金曜日だからちょうどいいでしょ？」

グイグイと営業をかける私の勢いにも負けず、藤堂さんは涼しい顔だ。

眼鏡をずらしておでこの上にかけると、卓上カレンダーの十二月二十四日の欄に人差し指を当てて「うーん」と唸る。

「二十四日が金曜……二十五日は土曜か」

「そうですけど、何か？　まさかもうご予定が⁉」

渡辺さんへの事前リサーチによると、藤堂さんにはまだ彼女はいないはずだ。

「クリスマスなんて無縁な男だから、芙美が食事に誘ったら来てくれるんじゃない？」とまで言っていたのに。

（もう！　渡辺さん……！　また適当なことを言って！）

私は内心でヒヤヒヤしながら、藤堂さんの返事を待つ。

「何言ってるんですか、三郷さん。うちの給与は末締《まつじ》め翌二十五日払いですよね」

「へっ？　そ、そうですが……」

「二十五日が土曜ってことは、給与振込日は前倒して二十四日です。年末調整が反映された給与を見て、人事部には問い合わせや苦情が殺到《さっとう》する金曜日になりそうですよ。

食事なんて無理ですね」

「ええっ？　そんなあ……！」

ストレートにばっさりとフラれた私を見て、近くにいた人事部の女性社員が小さく「ドンマイ」と呟く。

藤堂さんは、既に私の存在なんてまるで無視だ。パソコンの画面に向かってマウスを動かし、額にかけていた眼鏡を元に戻す。

(やっぱりまだ無理かぁ)

クリスマスのお誘いは失敗したけれど、実は私の心の中は爽快だ。

次は十二月の営業目標を達成して、営業一課で一番を取る。そうしたらまた来月に藤堂さんを食事に誘おう。

仕事も頑張りながら、休日は鎌倉散策をして、藤堂さんを連れていけるような美味しいお店を見つけておこう。

(諦めないですよ、藤堂さん。私だって営業の端くれですから)

息巻いている私の前で、藤堂さんが突然くるっと振り返る。

「三郷さん」

「っ、はい！　なんでしょうか！」

「十一月の勤怠《きんたい》は今日が申請締めですよ。ちゃんと申請してくれないと、時間外手当が振り込めません」

「うわっ！　すぐに席に戻って申請してきます！」

営業スマイルで元気に返事をすると、私は床に置いてあった自分の営業カバンを慌てて拾う。

そんな私の姿をちらりと見て、藤堂さんは満足気にキーボードのエンターキーを「ターン！」と打った。

第二話　交際……？　いいえ、労災《ろうさい》です！

「三郷さん、今ちょっといい？」

営業一課の課長の今西さんに名前を呼ばれ、私はキーボードを打つ手を止めた。

遠慮《えんりょ》がちに手招きをしながら、今西さんは私にすぐ側の小会議室に入るように目配せする。

年が明けて、一月ももう後半戦に入っている。

正月ボケから抜け出して、今月の営業目標のためにやっとこさ走り始めたところだというのに、こんな時にわざわざ個別に呼び出すなんて、一体なんの用件だろうか。

「三郷さん、最近どう？」

私が椅子に座るなり、今西さんの口から営業部お決まりの質問が飛び出した。

雑談から始めて私の機嫌やテンションを窺い、本題をどう切り出すか考えようという今西さんの内心が透けて見える。

「最近ですか？　そうですね……三年目に入ってからなんとなく仕事がマンネリ化しちゃってモヤモヤしてたんですけど、年末くらいから取り戻してきた感じです」

「そっか！　数字も大分上がってきたし、良い感じだね」

にこやかに私のことを褒めてくれつつも、今西さんの視線は壁に貼ってあるカレンダーや時計の上をうろうろしている。

やっぱり怪しい。言いづらい用件をなかなか切り出せず、会話の突破口を探っているといった様子だ。

さっさと社内システムへの新規クライアントのマスタ登録を終えてしまいたくて焦っているのに、こんな回りくどい会話に時間をかけたくない。

そう思った私は、単刀直入に尋ねることにした。

「今西さん。なんのご用件でした？　今日のマスタ登録が十七時までなんで、ちょっと急いでいて。また一件、新規が決まったんです。あとで今西さんのところに承認回ると思うのでお願いします」

「ああ、そうなんだ！　了解了解。それと、ごめんね三郷さん。実はここからが本題なんだけどさ……三月から異動をお願いしたくてね」

「え、異動⁉」

私はこれ以上ないほどに目を見開いて今西さんを見た。

人事異動。それは言わずもがな、会社が社員に命じる配置転換のこと。

他社がどうかは知らないが、我が株式会社フロムワンキャリアでは人事異動はあまり多くない。私が新卒で入社してから三年弱が経つが、うちの営業一課のメンバーを見てもほとんど顔ぶれが変わっていないほどだ。

しかも三月といえば、来年度の契約を刈り取る大切な時期。

月間の目標だけでなく、年間の営業目標を達成することが私たち営業一課全員の悲願で、そのために一致団結して頑張ろうと先日の課会で気合いを入れたばかりだった。

うちはエースの渡辺さんが稼いでいるから年間目標数字を未達で終わることはないだろうが、全社表彰の候補に挙がれるかどうかは、この三月にどれだけ数字を上乗せできるかにかかっている。

(それなのに中途半端に三月から異動なんて、そんなことあり得るの?)

自分を落ち着かせるために、私は体中の息を一度大きく吐いた。

今西さんは渋い顔のまま眉尻を下げて私を見ている。

「異動先はどこの課なんでしょうか。それに、せっかく積み上げた数字はどうなるんですか? 営業一課の年間目標に影響するようなことは……!」

「いやいや! そこは心配しなくていいよ。三郷さんがこれまで頑張ってくれた数字は、ちゃんと営業一課に付けることになっているから。実は異動先は営業じゃなくてね。管理部門の……人事の方に行って欲しくて」

「え、ちょっと待って。人事ですか‼」

あまりの衝撃に、私は声をひっくり返して叫んだ。

ガラス張りの会議室の外側から、営業電話中の渡辺さんが「静かに！」と言うジェスチャーをしながらこちらを睨みつける。

渡辺さんに向かってペコペコと頭を下げながらも、私の心臓の鼓動はどんどん速くなっていく。

「人事って……！　今西さんもご存知の通り、私は営業職しか経験したことないですし、これでも営業一課の中でちゃんと成果を出してきたつもりでした」

「ごめんね、三郷さん。でも勘違いしないで欲しくて。決して三郷さんの売上が良くないから人事に飛ばすとか、そういうわけじゃないんだよ。むしろすごく頑張ってくれているし、三郷さんが抜けることは一課にとっても痛手だよ」

「でも、それじゃどうして……」

不安でつい下を向いてしまった私に、今西さんは優しく異動の経緯について説明を始めた。

人事部にとって、四月は新入社員の受け入れやら研修やらで、年間を通じて最も忙しい時期にあたる。

ただでさえやるべきタスクが山積みなのに、それに加えて人事部では今、人事システムのリプレイスまで検討しているらしい。

四月に向けた準備やシステムの対応で、年末あたりから社員の残業時間が急増。深夜残業や休日出勤が当たり前の状況となり、中には年末年始も休みなく働いたことで疲弊《ひへい》したのか、退職を申し出る人もちらほら出てきているそうだ。

四月の繁忙期《はんぼうき》を前にしての社員の離脱は、人事部にとって大きな痛手。

それで四月をなんとか乗り切るために、社内異動で別部署から社員を受け入れることにしたらしい。

一刻も早く、猫の手でもいいから借りたい……そんなところだろうか。

「せめて四月からの異動にしてくれないか頼んでみたんだけどね。人事は、営業と違って月初の方が忙しいでしょ？　だから、四月からの異動だと間に合わないみたいでさ。二月でこっちの引継ぎを終えて、三月のまだ手が空いているうちに人事に来てもらって引継ぎをしたいって」

「そうですか、なるほど、なるほど……」

口では「なるほど」なんて言いながら、内心では全く納得できていない。

確かに少し前までは、このまま営業を続ける自信がないとか、営業の仕事には正解がないとか、おかしな悩みを抱えて悶々としていた時期もあった。

しかし人事部の藤堂さんと知り合ったことがきっかけで、今の自分の仕事に対しても前向きに取り組めるようになっていた。

（目の前のことを精一杯頑張ろうって、気持ちを新たにしたところだったのにな）

恨めしそうに今西さんを見上げてみるが、別に今西さんが悪いわけでもない。

一旦会社に入った以上、よほど理不尽な配置をされたのでもない限り、社員が異動を拒否することなんてできないのだ。

「分かりました。人事部に異動します」

「ありがとう。突然の話で驚かせてごめんね。でも三郷さん、意外と人事も合ってると思うよ」

「そうでしょうか……」

「うん。人事もこれからシステムの入れ替えとかもあるし、期待されての異動だよ。三郷さんのコミュニケーションスキルを活かして、他部署からも親しみやすい新しい人事部を作ってみてよ」

今西さんはそう言ってニカッと歯を見せて笑った。

◆

「はじめまして！　第一営業部営業一課から異動になりました、三郷芙美と申します。新卒入社三年目で営業しかやったことがないので、新しく人事の仕事にチャレンジできることにワクワクしています。これからどうぞよろしくお願いいたします！」

（………あれ？）

社会人三年目にふさわしい、フレッシュでやる気あふれる挨拶をしたつもりだったのだが、どうやら人事部の皆様には不評だったようだ。

私が挨拶を終えてペコリとお辞儀をしたあとも、パチパチとまばらな拍手しか聞こえてこない。

ここがもし営業部だったなら、「よろしくね！」とか「三郷さんいらっしゃい！」とか、みんなで盛り上げて歓迎してくれるところなのだが……

人事部の社員の皆さんは、大人しくて真面目な方が多いのかもしれない。

（私、ここに馴染めるかな……）

三月になり、少しずつ暖かくなってきたというのに私の心は冷え切っている。

拍手を終えてそそくさと自席に戻っていく人事部所属の社員たちを見て、早速私は不安に駆られた。

今のところ人事に来て楽しみなことといえば、藤堂さんの近くにいられることだけだ。

しかし残念ながら、当の藤堂さんはフロアに不在。

急ぎの件があるとかで、会議室に籠っているらしい。

人事労務課の島に用意された自席にのそのそと戻った私は、カバンの中からノートパソコンを取り出して電源に繋ぐ。

周りはもう既にそれぞれの仕事を始めている。まるで、私の存在など目に入っていないかのようだ。

「三郷さん、変な時期に異動で大変だったね！　今日からよろしくお願いします」

私の席のうしろから声をかけてくれたのは、人事部採用教育課の小室《こむろ》さん。

異動の挨拶を終えた私に、人事部内のあれこれをオリエンテーションしてくれるらしい。

「こちらこそよろしくお願いします！」

椅子から立ち上がり、私はペコリとお辞儀をする。

私の目の前に立つ小室さんは、清潔感のあるジャケットにタイトスカート姿で、少し茶色に染めた髪を綺麗に巻いている。スラッと背が高くていかにもキャリアウーマンといった感じなのに、右手の指に三つほど指サックを付けているのが、なんだかちぐはぐで面白い。

ちなみにこの指サック。二人で人事部フロアの小会議室に入ったあと、大量のマニュアルをめくる時に大いに役立っていた。

私もそのうち小室さんのように、指サックを標準装備《そうび》することになるんだろうか。

人事部の必須アイテム、指サック！

今日の帰りに、百均にでも寄って探してみよう。

「さて！　じゃあ早速、うちの部の組織の話からしていくね」

小室さんに手渡されたレジュメには、うちの会社の組織図が印刷されていた。

株式会社フロムワンキャリア、人事部。

ここ人事部は小室さんの所属する採用教育課と、藤堂さんの所属する人事労務課に分かれている。

新卒や中途採用、入社後の研修、キャリア開発などを行うのが採用教育課。

人事制度の設計や月次の給与計算、福利厚生、社会保険関係の手続きなどを行うのが人事労務課だ。

来月からの新入社員の受け入れ準備のため、今は採用教育課も人事労務課も多忙な時期。

そんな最中に突然人事労務課の課長の退職が決まったそうで、社員たちはその欠員の穴を埋めるために、一分一秒を惜しんで必死で仕事を進めているらしい。

正式にいうと私の配属先は人事労務課となるのだが、この繁忙期《はんぼうき》を乗り切るまでは採用教育課も含め、どちらの課のお仕事も手伝って欲しいとのことだった。

つまり、仕事を覚える範囲が単純計算で二倍。

仕事で関わる人たちも二倍。

私の目の前、会議室のデスクに山積みにされたマニュアルを見ていると、なんだかこのまま回れ右をして営業部に戻りたい気持ちになった。

そんな私の気持ちを察してか、小室さんがクスクスと笑う。

「三郷さんはどちらかというと採用教育課に向いている気がするんだけどなあ。ほら、元営業だけあってコミュ力高いもんね。繁忙期《はんぼうき》が終わったらあっちに取られると思ったら、なんだか悔しいわ」

「あっち、ですか？」

「そう、あっち。あの辛気臭《しんきくさ》い人事労務課の方ね」

「辛気臭《しんきくさ》い……ですかね？」

唐突に始まった物騒《ぶっそう》な話題に、私は驚いて狼狽えた。

小室さんは背中を丸め、テーブルに身を乗り出して小声で続ける。

「だって、見たでしょ？　三郷さんが挨拶した時の地味な反応。あっちの課の人たちが新入社員の相手なんてしようものなら、全員一瞬で内定辞退して他社に行っちゃうよ」

「まあ確かに。もう少し明るい感じで出迎えていただけると私も入りやすかったかもですが……」

「そうなのよ！　なーんか暗くて感じ悪いんだよね。あ、でも四月からは藤堂くんが課長になるから、少しは雰囲気変わるかもしれないけどね」

「えっ！　藤堂さんが、課長になるんですか！　知りませんでした！」

すごい！　すごい！　と興奮する私の姿に、小室さんは一瞬呆気にとられた様子で固まったが、すぐにふふっと笑い始める。

「何？　三郷さんってもしかして藤堂くんファンなの？」

「ファン……って言うか、めちゃめちゃ尊敬してるんです。前に自分の仕事に悩んでた時期があって。その時に藤堂さんにお話を聞いてもらってすっきりしたんです」

「そうなんだ。本来ならキャリア相談はうちの採用教育課の仕事なんだけどね。ちゃんと社員からの相談記録も残してるのに、なんで藤堂くんその件を共有してくれなかったんだろ。そういうところなのよね、人事労務課って。こっちの仕事を下に見てるって言うか」

「藤堂さんは仕事を上に見たり下に見たりっていう方じゃないと思います！」

人事労務課の悪口は聞き流す。

でも、藤堂さんのことを悪く言うのは許せない。

急に鼻息を荒くした私に、小室さんはさぞや驚いたのだろう。両目が顔からこぼれ落ちそうになっている。

「分かった分かった、三郷さん。とりあえずオリエン始めよっか。あと、大声出したら普通にフロアに聞こえちゃうから気を付けて」

「え？」

会議室の扉の小窓からフロアの方に目をやると、近くにある人事労務課の島の人たちが、チラチラとこちらを見ていた。

場をわきまえずに大きな声を出してしまう癖も、これからは意識して直していかなければ。営業部とは違って、ここはちょっとした失敗も許されないような雰囲気が漂っている。

◆

そんなこんなで始まったオリエンテーションは丸一日続いた。

脳みそが沸騰《ふっとう》しそうなほど知識を詰め込んで、ようやく終わりを迎えた時には既に定時間際。

私が今持っている全てのパワーを搾り取られたかのように疲れた。

今もしも風に吹かれたら、ペラペラと飛んでいってしまうんじゃないかというほどに、今の私はただの抜け殻のようだ。

これまでずっと外回りの仕事で体を動かしてきたからか、会議室に座りっぱなしというだけでも相当の苦痛なのだ。

その上、訳の分からない専門知識のレクチャーの数々、慣れない人事システムへのログイン、マニュアルに並ぶ法律の条文、プリンターや共有ドライブの設定……！

朝の異動の挨拶を軽く流されたことで精神的にも地味にダメージを受けていて、早くも営業部が恋しくなってしまった。

（菜々、まだ営業部フロアにいるかな……）

自席に戻り、片付けを終えて時計を見ると、十七時半を過ぎたところだった。

営業部のみんなは今頃社内に戻って来て、事務処理を始める時間だろう。

少しだけでいいから営業部の人たちと話したい。でもわざわざエレベーターを乗り継いでまで営業部フロアに足を運ぶのも、なんだか悔しい。

渡辺さんに見つかりでもしたら、「ホームシックになるのが早すぎるんじゃないか？」なんて言って、からかわれるのが関の山だ。

（異動して一日目から挫けてどうするのよ、私ったら！）

入社前は不安だった営業職も、挑戦してみればなんとかこなせるようになったのだ。人事の仕事だって同じじゃないか。

やればできる！　そう気合いを入れて、私は無人のエレベーターの中で一階エントランス行きのボタンを押した。

「あれ？　三郷ちゃーん！」

エントランスフロアでエレベーターを降りると、ちょうど向かいの低層階用エレベーターから、営業アシスタントの裕美さんが降りてきた。

裕美さんは契約社員で、月末以外は定時で帰ることが多い。

つい先週まで同じフロアで働いていたというのに、まるで十年ぶりに再会したかのような懐かしい気持ちになって、私は裕美さんに飛びついた。

「裕美さーん、会いたかった！　今日はめちゃくちゃ疲れました！」

ついさっきエレベーターの中で気合いを入れたばかりの私の口からは、早速泣き言が飛び出してくる。半泣きで裕美さんの腕にまとわりつくと、私の情けない顔を見た裕美さんがぎょっとしたような顔をした。

「ええ!?　何よ、三郷ちゃん。挫折《ざせつ》が早すぎない？　大好きな地味眼鏡くんと同じ部署になれて嬉しいんじゃないの？」

「今日は一日会議室に缶詰めだったから、ほとんど藤堂さんの顔なんて見られなかったです」

「あらら、なんのための異動だか」

裕美さんは額に手を当てて、大げさに天を仰ぐ。

なんのための異動かと問われたら、仕事のためである。

決して藤堂さんに会うためではない。

本末転倒な裕美さんの言葉が面白くて、先ほどまで張りつめていた気持ちがほっこりと溶けた。

「……やっぱり、こうして何気ない会話ができるって大事ですよね。いくら仕事だからと言ったって、真面目一辺倒じゃ疲れちゃうもん」

「人事部のフロアっていつも静まり返ってるもんね。キーボードの音と電話の音だけが鳴り響いていてちょっと不気味だし。採用の方はそうでもなさそうだけどさ」

「採用教育課の方たちは、明るくてそつない感じの方が多かったです。あれくらいのシュッとした雰囲気がないと、学生さんや新入社員の心は掴めないんだろうなあ」

巻き髪の小室さんから出た「人事労務課は辛気臭《しんきくさ》い」という言葉が、ふと頭に蘇る。

一見すると人当たりの良い採用教育課の社員たちが、裏では人事労務課と対立している。採用教育課のキラキラ社員と、辛気臭《しんきくさ》い地味系人事労務課社員の戦い。

ドロドロとした昼ドラが始まりそうだ。

裕美さんに人事部の昼ドラストーリーを聞いて欲しい気もしたが、裕美さんに話したが最後、明日の朝には会社中にその噂が回っていそうな気もする。

裕美さんは契約社員ではあるものの、持ち前の親しみやすさからか顔が広いのだ。

少し考えて、裕美さんへの報告はまた今度にしようと決めた。

私たちは品川駅まで一緒に向かうと、中央改札から駅の構内に入る。

裕美さんは横須賀線沿線《よこすかせん》に住んでいて、大船に住む私と帰る時には二人で一緒に横須賀線を使うことにしている。

横須賀線ホームは、品川駅の最奥にある。帰宅ラッシュでごった返しの駅構内を、人にぶつからないように縫って進んでいかなければならない。

「さあ、行きましょう！」と裕美さんの方を振り返ると、裕美さんは私から少し離れた場所に立ち止まっていた。

気分でも悪くなったのかと心配になり、私は慌てて裕美さんに駆け寄る。

「裕美さん、どうしました？　横須賀線乗らないいんですか？」

「……三郷ちゃんに言ってなかったんだけど、実は私引っ越ししたんだよね」

「え！　武蔵小杉《むさしこすぎ》のタワマン暮らしじゃなかったでしたっけ？」

裕美さんの旦那さんはベンチャー企業の役員をやっていて、昔からタワーマンションの上階暮らしが夢だったと聞いたことがある。

今は夢を叶えて、家族みんなでタワマン暮らしのはずだ。

確か私が新入社員だった頃に「うちの近所の認可保育園って、全然空きがないのよ！」という愚痴《ぐち》を裕美さんから聞いたから、武蔵小杉にタワーマンションを買ってからまだ二、三年くらいしか経ってないんじゃないだろうか。

私が困惑していることに気付いたのか、裕美さんは笑顔を作り、安心してとばかりに私の肩をポンポンと叩く。

「実はさ……旦那とは離婚したんだよね。で、今は子供たちと一緒にうちの実家暮らし。せっかく下の子の保育園も見つかって楽しく通ってたのに、また探し直しだよ。世知辛い世の中だわ」

「あ、離婚でしたか……ごめんなさい、全然知らなくて」

「いやいや全然！　私が言ってなかったんだからさ。まあ、こんな人混みの中でするような話じゃないよね。またじっくり話そう！　ということで私は京浜東北線《けいひんとうほくせん》だから。ごめんね、また明日！」

人の波に乗って、裕美さんは京浜東北線《けいひんとうほくせん》のホームへ続く階段を小走りで降りて行く。ひっきりなしに聞こえてくる電車の出発音に引っ張られるように、裕美さんの小さな背中はあっという間に人混みの中に消えた。

（離婚って……裕美さん、保育園の子の上にも小学生二人も抱えてるのに）

子供は三人とも裕美さんが引き取ったのだろうか。

今までは残業無しの契約社員で働いていたけど、このままで大丈夫なのだろうか。

うちの会社の契約社員は、最長で五年までしか契約できない規則になっていたはずないのではないだろうか。裕美さんは私よりも少し入社時期が早いから、長くてもあと一年くらいしか働けないのではないだろうか。

品川駅のど真ん中に立ち尽くして呆然としている私に、行き来する人たちの体が次々にぶつかる。

背後から聞こえた誰かの舌打ちの音にハッとして、私はヨロヨロと横須賀線ホームに向かって歩き始めた。

◆

人事部に来て私が受けたカルチャーショックの一つが、時刻へのこだわりだ。

私に与えられた最初の任務は、週に一回時計が遅れていないかチェックすることだった。

毎朝九時と夕方十七時にチャイムが鳴るように設定されたフロア中心の壁掛け時計を皮切りに、合計五つある時計を順にチェックしていく。一分でも時計がずれていると大変なことになるらしい。

どう大変になるのかは、新人の私にはまだ分からない。

朝九時のチャイムが鳴ると、その瞬間にオフィスの電話の留守番電話設定を解除する。これも私に任された仕事だ。

十秒でも遅れると、人事労務課の大先輩である米倉《よねくら》さんから痛烈なご指摘が飛んでくる。

「三郷さん。九時になる瞬間を待って電話をかけてくる切羽詰まった人だっているんだよ。電話が繋がらなかったらすぐにクレームが来るから、わざわざ壁掛け時計でチャイムの設定までしてるの！　時間厳守でお願いします」

「はい！　すみませんでした！」

なるほど、壁掛け時計の時刻チェックはそのためか。

でもそこまで言うなら、九時まで待たずに留守番電話設定を解除しておけば済む話なのに……なんて思うのだが、その選択肢は無いらしい。

始業は九時！　それよりも前に仕事はしない！

さすが人事労務課。徹底した労務管理が行われている。

営業部での引継ぎを終え、私がここ人事部に異動してきて二週間が経った。

初めの数日はとにかくマニュアルの内容を頭にひたすら詰め込まれ、そのあとは時計のチェックや留守番電話の解除、指サックを使って資料の部数カウント、電話の取次ぎなどなど、簡単な仕事を与えられた。

周りはとにかくみんな忙しそうにしていて、誰にでもできそうな雑務だけが私に降ってくるというわけだ。

よく依頼されるのは、資料のコピーとファイリング。

そして、大量の郵便物を計器《けいき》に通して集荷時間までにとりまとめておく作業。

正直言うと、私は自分がここでちゃんと役に立っているのか立っていないのか、全然分からない。

先輩社員たちは会議で日中席を外すことも多く、フロアにほとんど人がいなくなる時間帯もある。私に雑務を頼む人が不在になると、今度は手持ち無沙汰になって特にやることがない。

暇、暇、とにかく暇だ。時間が経つのがとにかく遅い。

(早く一人前になって、自分の仕事を持てればいいだけの話なんだけどね)

せっかくの金曜日だというのに、私の心は今日のお天気と同じ。

嵐の予感をはらんだ、土砂降りの大雨だ。

私が一人ポッンと残された人事部フロアに、業者との打ち合わせを終えた藤堂さんが戻ってきた。

湿度が高いせいで、藤堂さんのボサボサ頭はいつもよりも断然ボリュームアップしている。

(髪がボサボサでも、全く気にしないいんだろうなあ。藤堂さんは)

ノートパソコンを落とさないように慎重に抱えて、ひょこひょことこちらに歩いて来た藤堂さんの姿を、じーっと見つめてみる。

すぐ側まで近付いてようやく私の存在に気付いたのだろう、頬杖をついてぼんやりしている私を見つけると、藤堂さんは「ひっ！」と驚いた。

「誰もいないと思っていたからびっくりしました……三郷さん、一人ですか」

「はい！　皆さんそれぞれ会議に入っちゃって。私は電話番で席に残っているんです。でも大丈夫です！　マニュアルももらってますし、なんとか頑張って一人で……」

「あ、フロアに人がいない時は、電気を消して欲しいんですよ。節電のために」

「……ああ、それを仰りたかったんですね。はい、節電。分かりました」

相変わらず、藤堂さんは私に微塵《みじん》も興味がない。

新人でありながら健気に一人で電話番を頑張る私の心配よりも、電気代の心配だ。

席を立ってフロアの奥側半分の電気を消していると、藤堂さんは思い出したようにもう一度私に向かって言った。

「外はかなりの大雨ですね」

「え？　ああ……そうですね。湿気もすごいし、天気につられてなんとなく気まで滅入ってきますよね」

「三郷さん。大雨の時に、我々人事が気に掛けることってなんだか分かりますか？」

藤堂さんは眼鏡を直しながら、窓の外に目をやる。

窓ガラスには激しく雨が当たってパラパラと音を立てている。その奥では、時折空がチカチカと光っていた。ついに雷まで鳴り始めてしまったようだ。

「大雨の日に人事が気に掛けること……みんながちゃんと家に帰れるか心配する……とか？」

絶対に違うだろうっていう回答しか思い浮かばない。

私の珍回答《ちんかいとう》に藤堂さんは呆れるだろうと思ったが、彼は表情一つ変えず腕を組んだ。

「うーん、惜しいですね」

「惜しいんだ！」

「ちゃんと家に帰るというのはつまり、事故も怪我もなく無事に家までたどり着くってことですよね」

「そう……ですね」

せっかく藤堂さんがヒントをくれているというのに、私のこの頭では正解にたどり着ける気がしない。

雨の日に人事がやるべきお仕事……か。

もっと人事業務マニュアルを隅から隅まで読み込んでおくんだった。そうすれば、藤堂さんと二人っきりというこんな大チャンスを逃すことなく、お喋りがはずんでお近付きになれたかもしれないのに。

電気を消し終えて席に戻ると、私は藤堂さんに視線を向けた。

見た目は特に美男子というわけではないけど、ボサボサ頭や地味眼鏡がなんとも言えず可愛らしい。

藤堂さんは私の熱い視線を感じたのか、眼鏡を外して私の視線に応えた。

「……三郷さん、労災ですよ」

「えっ、交際!? いきなりですか！ 私まだ、心の準備が……！」

「労災はいきなり起こるものです。心の準備をしている暇はありません」

（なんだ、交際じゃなくて労災か。いきなり「付き合って下さい！」って言われたのかと思った）

藤堂さんがそんなことを言うわけがないのに、やっぱり今日の私はどうかしている。

「労災、つまり労働者災害《ろうどうしゃさいがい》……でしたっけ。業務上の怪我は労災、業務外の私傷病は健康保険が適用される。合ってますか？」

「よくマニュアルを読み込んでいますね。素晴らしいです」

「ありがとうございます！ それにしても労災っていう言葉、なんか物騒《ぶっそう》ですよね。大事故でも起こったのかと思っちゃいます」

「事故の大小は関係ありませんよ。労災には二種類あります。業務《ぎょうむ》上災害《じょうさいがい》と、通勤《つうきん》災害《さいがい》。通勤中に怪我をした場合なども、労災の申請ができます」

「そっか、なるほど！　つまり、今日みたいに雨が降ると滑ったり転んだりして通勤途中に怪我をする人が増えるかもしれない……そういうことですね」

「そうです。今日もそんな労災のお問い合わせの電話が入るかもしれませんから、労災マニュアルにはきちんと目を通しておいてくださいね」

そう言って藤堂さんは、パソコン画面に視線を戻した。

それとほぼ同時に、壁掛け時計から十七時を知らせるチャイムが鳴る。

労災マニュアルをペラペラとめくりながら、私は藤堂さんのキーボードの音に耳を傾けた。

カタカタと細やかに奏でられる規則的な音に続いて、エンターキーを打つ時だけは「ターン！」とひときわ大きな音が響く。

こういうちょっと風変わりな動きをするところも含めて、やっぱり私は藤堂さんのことが好きだなあと自分の気持ちを再確認する。

藤堂さんは、惜しくもなんともない私の珍回答《ちんかいとう》を否定したりせず、まずは「惜しいですね」なんていって認めてくれる。

その上で、正しい答えもきっちりと教えてくれる。

もしも相手が藤堂さんでなく米倉さんだったら、「え？　三郷さんって労災マニュアル、読んでないの？」と一蹴《いっしゅう》されて終わりだ。

私のやる気を削がないようにしながら、同時にしっかりと勉強するように自然に促してくれるだなんて。

さすが、若くして課長に抜擢《ばってき》される人はそんじょそこらの凡人《ぼんじん》とは器が違う。

（ヤバい、やっぱり藤堂さんのことが好きすぎる）

私がパソコンのディスプレイの合間から藤堂さんのボサボサ頭に再び熱い視線を向けたその時、一本の外線電話が鳴った。

「はい！　フロムワンキャリア、人事部でございます」

精一杯の元気な声で応対する。

『あの……第一営業部サポ課の駒田《こまた》です。お疲れ様です』

「お疲れ様です、人事の三郷です。駒田さん……って、もしかして裕美さんですか？」

電話の受話器の向こう側ではザーザーという雨音と、遠くで小さく電車の発車メロディが鳴っている。

裕美さんはどうやら、駅に近い場所から電話をかけてきているようだ。

激しい雨音に消されそうな裕美さんの声を聞き取ろうとするが、ちょうど会議を終えた人事労務課の社員たちが席に戻って来て、裕美さんの声はますます聞こえづらくなった。

私が電話応対をしていることなど、誰の目にも入っていないみたいだ。

「もしもし、裕美さん。聞こえますか？　どうしました？」

『ああ、三郷ちゃんか。ちょっと今、駅の階段で滑っちゃってさ……』

「え？」

労災だ。さっき藤堂さんが言った通り、この大雨が原因で怪我をした人が早速現れた。私は急いで労災マニュアルのページを繰っていく。

（労災発生の連絡があったら、まずはどう対応するんだっけ……！）

それらしきページを見つけた私は、マニュアルにある通りに裕美さんに確認を始める。

「もう病院に行きましたか？　怪我はどんな状況ですか？」

『ううん、病院はこれから。だけど、落ちた時に変な方向に力がかかっちゃったみたいでさ、指がめっちゃ痛いんだよね。骨、折れてるかも』

「骨折！」

私の大声に、人事労務課の人たちは私の方を振り返った。

私が電話応対をしていることにようやく気付いたようだが、みんな表情も変えず「労災か」「骨折痛そう」なんて囁き合っている。

人事労務課の皆さんは労災なんて何度も対応して慣れっこなのかもしれない。

でも電話の向こうには、今まさに怪我をして辛い思いをしている人がいる。

裕美さんとの電話を繋いだまま、私は周囲を身回して藤堂さんを捜した。

しかし藤堂さんは次の会議のために既に移動したあとだった。

このまま私が対応を続けて大丈夫だろうか。誰か他のベテランの方に対応してもらった方がいいのだろうか。

「裕美さん。痛いところ申し訳ないんですけど、ちょっとだけ待ってくださいね」

そう言って電話を保留《ほりゅう》にすると、私は大声で米倉さんを呼んだ。

「米倉さん！　労災っぽいんですけど、電話代わってもらえませんか？」

「え？　三郷さんって労災のレクチャー受けてないんだっけ？」

「いえ、一応受けたんですが……」

「じゃあできるじゃん。対応方法は全部マニュアルに書いてあるし、私たちだってそのマニュアル以上のことはできないんだからさ。誰が対応したって同じだよ」

米倉さんはそう言うとデスクに置いてあったコーヒーカップを持って立ち上がり、給湯室《きゅうとうしつ》の方に向かって歩いて行ってしまった。

どうしよう、やっぱり私が一人で対応するしかない。

（大丈夫、やればできるはず）

意を決した私は、電話の保留《ほりゅう》ボタンを解除した。

「裕美さん、お待たせしました」

『三郷ちゃん、忙しいところごめんね。今から病院行ってくる。もし骨折だったら治療費が結構かかると思うんだ。会社から治療費の補助って出たりするのかな？　ほら私、離婚したばっかりであんまりお金ないしさ』

　明るい口調で話してはいるが、声色はかなり辛そうだ。骨折しているなら痛みも腫れも酷いだろう。早く病院に行ってもらわなければ。

「裕美さん、大丈夫です。会社から帰宅する途中の怪我も労災申請ができるので、治療費は全額補助が出ます。とにかく今は、一刻も早く病院に行って診てもらってください。病院の窓口で、労災申請しますって必ず伝えて下さいね」

『うん、分かった！　何よ三郷ちゃん。もうすっかり人事の人じゃん！　助かった、ありがとう！』

　裕美さんの電話が切れて、私も受話器を置いた。

　その瞬間、私は緊張感から放たれて溶けるように椅子に沈み込む。

（うわぁ、緊張した……！）

　病院に『労災申請する』と伝えて下さいとしか案内していないのに、この疲れ具合はなんだろう。

　マニュアルにもちゃんと目を通していたつもりだったが、いざとなると何がどこに書いてあったのか分からなくなってしまう。もっと勉強が必要だ。

（とりあえず、裕美さんの怪我が軽ければいいんだけど……）

コーヒーを入れてフロアに戻ってきた米倉さんは、脱力して椅子に身を任せた私とは目を合わせることもなく、自席に座ってパソコンをカタカタとやり始めた。

◆

金曜の夕方に裕美さんからの労災の電話を受けてから、ずっと重たい気持ちで週末を過ごしてしまった。

日曜の夜になってベッドに入ってからも、裕美さんのことが頭から離れない。

私が裕美さんの電話を受けたのは、定時よりも少し早い時間だった。金曜日は雷も鳴るほどの大雨だったから、裕美さんはきっと保育園と学童《がくどう》のお迎えに間に合うように少し早めに会社を出たんだろう。

子供三人を連れて家に帰るのは、晴れの日であっても一苦労なはず。雨が降る中、その上骨折までしていたら尚更大変だっただろう。

心配なのは怪我だけではない。私の心にもう一つ引っかかっていたのは裕美さんの、「離婚したばかりでお金がない」という言葉だ。

彼氏すらいない私にとって、離婚というのは想像もできないほど遠い世界の話だ。

裕美さんが今どれくらい苦しんでいるのか、理解してあげることもできない。

お金がない、と言ってハハッと笑った裕美さんの声が痛々しくて、私の心を抉る。

何もできることがない自分が歯がゆくて堪らない。

「おはようございます」

翌日、月曜日の朝八時五十分。

九時の留守番電話の解除に間に合うようにと、私は急いで自席に荷物を置いた。

すると、すぐ側のリフレッシュスペースに藤堂さんと米倉さんが座っているのが見える。

そしてその向かいで話している相手は——裕美さんだった。

手にぐるぐると太く巻かれた包帯が痛々しい。私は急いでリフレッシュスペースの裕美さんの元に駆け寄る。

「裕美さん！　金曜日は大丈夫でしたか？」

裕美さんは私の顔を見るや否や、怒りの表情を浮かべた。

「……三郷ちゃん、ちょっと酷いんじゃない？」

「え？」

裕美さんの声は震えている。

テーブルの上に置かれた裕美さんの指には副木《そえぎ》と包帯が巻かれ、近くで見ると顔や足にもところどころ大きな絆創膏《ばんそうこう》が貼られていた。

「三郷ちゃん。この前の金曜、治療費は全額会社から出るって言ったよね?」

「あ、はい……労災申請すれば、全額労災保険から出るので本人負担はゼロだとマニュアルに書いてあって……」

「は? 一体人事部のマニュアルってどうなってんの?」

裕美さんは吐き捨てるように言い、顔をしかめた。

一体何が起こっているんだろう。

労災マニュアルに沿ってきちんと案内したつもりだったのだが、何か私の伝えた内容に間違いでもあったんだろうか。

裕美さんは怒りがおさまらないようで、私とは一切目を合わせてくれない。私は藤堂さんに促され、そのまま自席に戻された。

藤堂さんは裕美さんを連れて会議室に入っていく。話を終えた藤堂さんが会議室から席に戻ってきたのは、三十分ほど経ってからだった。

「三郷さん、ちょっといいですか? あ、米倉さんも一緒に」

「はい」

先ほどまで裕美さんと話をしていた会議室に、私と米倉さんが呼ばれる。

怒られる。きっと怒られる。

私が何かミスをしたんだ。私が裕美さんに間違った案内をしてしまって、それで裕美さんがあんなに怒ったんだ。

会議室の中で、私と米倉さんは横に並んで座る。

向かい側に座った藤堂さんの顔は、いつもと同じ淡々とした表情だった。

「三郷さん、金曜日に営業サポ課の駒田さんの労災の電話を受けましたよね？」

「はい、金曜日の夕方に私が対応しました。ちょうど藤堂さんに、労災のマニュアルを読んでおくようにアドバイスいただいたすぐあとです」

「そうですか。実は今回の駒田さんの怪我は、労災申請できないんですよね」

「え⁉　何故ですか？」

悲鳴に近い声で尋ねた私の横で、米倉さんが腕を組んで深いため息をつく。

「三郷さん。藤堂さんの言ってる意味分かってる？　金曜日、駒田さんが怪我をした場所とか詳しい状況ってちゃんと聞いたの？」

「いいえ、詳しい場所までは聞いていません……でも電話の向こうで雨の音や電車の発車メロディがしたので、駅の外階段か何かで転んじゃったのかと思って。私、何か間違ってましたでしょうか」

「間違ってましたか？　なんて呑気《のんき》な質問してる場合じゃなくて。労災申請できるかどうかなんて、もっと踏み込んで詳しく状況を確認しないと分からないでしょ？　三郷さんの確認不足だよ」

厳しく私を叱責する米倉さんを、藤堂さんが慌てて制止する。

今朝、藤堂さんが裕美さんに聞いた話によると、あの日裕美さんは、定時の十七時半よりも前に早退したそうだ。

裕美さんはいつもなら京浜東北線《けいひんとうほくせん》を使って、自宅最寄駅の鶴見《つるみ》に向かう。

しかし裕美さんが金曜日に怪我をした場所は、会社最寄りの品川駅でも自宅最寄りの鶴見駅でもなく、なんと横須賀線の武蔵小杉駅だった。

裕美さんが離婚する前に旦那さんと一緒に住んでいた、武蔵小杉。

その駅の階段で、転んで骨折したのだそうだ。

「三郷さんとの電話を終えたあと、病院に行って労災申請することを伝えたら、労災の申請用紙を会社からもらってきて下さいと言われたそうです。それで駒田さんは今朝、出社したその足でこのフロアに来てくれたんですが。怪我をした経緯を聞いていたら、どうもこれは通勤災害じゃないぞと」

「通勤災害じゃ……ない？」

「そう。労災で通勤災害と認められるのは、自宅と就業場所を合理的な経路で往復している場合のみです。今回は駒田さんが、会社を出たあとに私用で武蔵小杉に立ち寄った時の怪我でした。だから、通勤途中の怪我には当たらないんです」

「ああ……そうか。私が裕美さんに、怪我をした場所をちゃんと聞かなかったからだ……」

　確かに労災マニュアルにもそんなことが書いてあった。

　呆然とする私の横で、米倉さんが通勤時に寄り道した時の考え方について説明を始めた。

　合理的な通勤経路から外れて寄り道した場合は、原則としてその逸脱・中断以降の怪我は通勤災害には当たらない。裕美さんの場合、品川駅から武蔵小杉に向かった時点で通勤経路を逸脱している。

　つまり労災申請はできないのだ。

　この場合は、私傷病と同様に健康保険での受診となり、治療費は三割自己負担となる。私が裕美さんに案内した内容とは違ってくる。

　怪我のことがあんなに心配だったくせに、私は裕美さんの役に立つどころか誤った案内をしてしまった。

　ようやく状況を理解した私の横で、米倉さんが再びため息をつく。

　米倉さんが私に呆れるのも当然だ。

　通勤経路の逸脱・中断については確かにマニュアルに記載されていたのに、初めて受けた労災の問い合わせにパニックになって、すっかり頭から抜けていた。

米倉さんだけじゃない。目の前にいる藤堂さんだって、きっと私に失望したに違いない。

「私、裕美さんに謝ってきます！」

勢いよく立ち上がったところで、米倉さんが慌てて私の服の袖をつかんで止める。

「いやいや！　ちょっと待って、三郷さん！」

「でも、悪いのは私で……」

「あのね、人事っていうのは何百人もの社員を平等に扱わないといけないの。個人的に仲の良い社員にだけ特別対応するのはどうかと思うよ。これは人事労務課のミスなんだから、三郷さんじゃなくて、責任者の藤堂さんから代表して謝ってもらうべきじゃない？　ね、藤堂課長！」

米倉さんは私をもう一度椅子に座らせる。

あえて米倉さんが「藤堂課長」と呼んだのは、今回のミスが課としてあってはならない大きな案件だという意味が込められているのだろう。

裕美さんに対してだけではなく、課に対しても申し訳ない気持ちでいっぱいだ。

正式に言うと、まだ藤堂さんは課長ではない。しかし前任者が有給消化中で近いうちに退職予定となった今、実質の責任者が藤堂さんであることには違いない。

営業時代、通勤経路変更申請を出し忘れていた時と同じように、私はまたしても藤堂さんに迷惑をかけてしまったのだ。

藤堂さんは顎をポリポリと人差し指で掻きながら、「うーん」と小さく唸った。

「駒田さんへの説明は元々僕が対応しようと思ってたので大丈夫です。とりあえず三郷さんがやらないといけないのは、もう一度労災マニュアルを一通り見直しすることです。お金に関わるところは慎重にいかないとね。社員の生活がかかっていることだから、正しい情報を伝えないといけません」

「……はい！　藤堂さん、本当に申し訳ありませんでした！」

頭を下げた私の横で、この話は終わったとばかりに米倉さんが立ち上がる。

そのまま会議室を出て行こうとドアに手をかけた米倉さんの背中に向かって、藤堂さんが「ああ、そういえば」と話しかけた。

「米倉さん。三郷さんが労災の問い合わせに対応していた時、米倉さんは席にいなかったんですか？」

「……多分いたと思いますけど」

「それなら電話、代わってあげて欲しかったです。三郷さんはまだ異動してきたばかりだし、頭に入っていないことをマニュアルを見ながらその場で伝えるのはなかなか厳しいです。ベテランの米倉さんなら、上手くフォローしていただけると思っていたのですが」

藤堂さんの声は、いつになく厳しくて淡々としていた。普段の穏やかな藤堂さんではなく、初めて会った時に通勤経路変更申請について早口で語っていた、あの時のように。

米倉さんはたじろいだ様子で目を泳がせる。

「……それもそうですね。分かりました。三郷さん、次からは電話代わって下さいってちゃんと言ってよね！」

そう言い残して、米倉さんはそそくさと会議室を出て行く。

私はあの時、米倉さんに電話を代わって欲しいと頼んだ。自分で対応するようにと突き返したのは米倉さんだったはずだ。

しかし元を正せば、全て私の勉強不足が原因で起こったこと。ミスを起こした私が何を言っても言い訳になってしまう。

そう思って、悔しい思いをぐっと飲み込んだ。

会議室には、私と藤堂さんの二人が残される。

「……藤堂さん。やっぱり私、裕美さんに直接謝りにいきたいです」

「まあ、そうでしょうね」

「仲良し社員を贔屓《ひいき》するとか、そういうことは全然考えていません。でも間違った内容を伝えたことはちゃんと謝りたい。そして何よりも、私は裕美さんの怪我が心配なんです。裕美さんのおうち、お子さんが三人いらっしゃって……一番下の保育園の子は、まだまだ抱っこしないといけないくらい小さな子なんです。あの怪我じゃ、抱っこするのも困るだろうから……」

「そうですか。分かりました。じゃあ落ち着いたら一緒に謝りにいきましょう」

「いいんですか⁉　米倉さんのお考えとは違っちゃいますけど」

藤堂さんは「仕事に正解はないと伝えませんでしたっけ？」と言いながら、ずれた眼鏡を直す。

「米倉さんの言う通り、人事として全社員に平等な対応ができるかという観点で物事を考えることも必要だとは思いますけどね。それとは逆に、社員の気持ちやその時の状況にできるだけ寄り添ってあげたいと考える人事部社員がいても、おかしくはないのではと思います」

「……寄り添う？」

「三郷さんみたいな方が人事に一人いるだけで、社員が人事部に相談しやすい雰囲気が生まれるんじゃないでしょうか。僕はあんまりそこは得意じゃないので。三郷さんみたいなコミュニケーションの上手な人が補ってくれるとすごく助かりますね」

藤堂さんの言葉で、ずっと張りつめていた気持ちがはじけた。

堰を切ったように、私の両目からは涙があふれ出る。

人事部に来てからというもの、なんの役にも立っていない自分をずっと責め続けていた。しかしそんな私にも、ここで生かせるスキルがあるというのだろうか。

人事労務の専門知識を持ち、確実に仕事を遂行《すいこう》する米倉さん。

無表情に見えて、仕事に対しての熱い信念を持っている藤堂さん。

私はすぐには米倉さんや藤堂さんのようにはなれない。

でも藤堂さんの言葉を聞いて、なんとなく自分がここにいても許されるんじゃないかと、救われた気持ちになった。

「ありがとうございます、藤堂さん。私ちゃんと勉強します。ここでやっていくのに必要な知識を身に付けて、それから自分の長所も生かせるように頑張ります！」

「はい、三郷さんはまだまだ異動してきたばかりですから。焦らず徐々に戦力になっていただければ大丈夫ですよ」

「やっぱり私、藤堂さんのこと大好きです！」

涙と鼻水でいっぱいの顔で、私はどさくさに紛れて藤堂さんに告白した。

好きだと言葉にしてから初めて、とんでもないことを言ってしまったと気付いた私は、ハッとして口をつぐんだ。

仕事のミスをしたばかりのお前が一体何を考えているんだ！　と、今度こそ怒られるんじゃないだろうか。

私は恐る恐る藤堂さんの顔色を窺ってみる。

しかし藤堂さんは私と目が合う前に突然すっくと立ち上がり、こちらに背中を向けた。

「……ティッシュを持ってきます！」

「藤堂さん？」

そう言って藤堂さんは、まるで風のように一瞬で会議室を飛び出して行く。

（動き、速っ……）

会議室の小窓の向こうで、藤堂さんがひょこひょことフロアの外に駆け出していくのが見えた。

あっという間に誰もいなくなった会議室で、私は一人、椅子の背もたれに身を預ける。

頑張らなければ。

私に期待してくれた藤堂さんのため、そして、キャリアや生活基盤を支えるという大事な仕事を人事に託してくれるフロムワンキャリアの社員のため。

そうと決まれば早速、席に戻って労災マニュアルを見直そう。

席に戻ろうと立ち上がった私の足に、何かがコツンとぶつかった。

（あれ、これは藤堂さんの？）

「あはは……藤堂さん、だからさっきひょこひょこと不自然な走り方してたんだ」

私の突然の愛の告白に、よほど慌ててしまったのだろう。

会議室の扉の側には、藤堂さんの靴が片方だけ脱げて転がっていた。

◆

「裕美さん、間違った説明をしてしまって本当にすみませんでした！」

「……ううん、ごめんね三郷ちゃん。私もあまり余裕がなくて、つい感情的になっちゃった」

営業部フロアのエレベーターホールで深々と頭を下げた私の肩に、裕美さんの手がそっと置かれる。裕美さんは私の体を起こすと、歯を見せて笑った。

あの大雨の日のあと、裕美さんの受診した整形外科の治療費を健康保険に切り替える手続きが終わった頃を見計らって、私は裕美さんに直接謝罪に出向いた。

一人で大丈夫だと伝えたのに、藤堂さんも付き添ってくれた。

その藤堂さんは私の横で、私以上に深々と頭を下げている。

「藤堂さんも、顔上げて下さいよ。骨折で全治二カ月なんだけど、とりあえず固定しときゃなんとかなるって言うし。そんなに治療費も高くなさそうだから」

「でも、全額補助が出ると思って安心してらっしゃったのに、私が間違ったことを言ったから……」

「もういいって！　三郷ちゃんが間違ったんじゃなくて、私が詳しく状況を説明しなかったのも悪かったんだから」

だからもうこの件は終わり！　と、裕美さんは私の肩をポンポンと叩いた。

裕美さんが怪我をした日からずっと、心臓を何かにぎゅうぎゅうと掴まれているように苦しかった。

たった一本の電話、たった一つの言葉が、こうして社員の生活や心に大きく影響を与えてしまう。営業職とは違った人事としての仕事の難しさを、今回の一件で痛感した気がする。

反省と後悔が入り混じって言葉が出なくなった私を見かねたのか、藤堂さんが裕美さんに向かって口を開いた。

「駒田さん。人事に異動したばかりの三郷さんのフォローを怠ったのは僕の責任です。本当に申し訳ありませんでした」

「だからもういいですって！　あのあと藤堂さんがしっかり説明をしてくれたから、もう労災についてはバッチリ理解しました。それより三郷ちゃんと二人で少しお話ししたいんで……いいですか？」

そう言うと、裕美さんは私の肩に手を回す。

人事部フロアに戻る藤堂さんをエレベーターで見送ったあと、裕美さんと二人で営業部フロアの来客スペースまで行き、空いているソファに並んで座った。

「藤堂さんの前では言いづらかったたんだけど、あの日武蔵小杉に行ったのは……元旦那に会いたかったからなんだよね」

「えっ、旦那さんに⁉」

裕美さんはコクリと頷くと、ソファに背中を預けて苦笑した。

元々、仕事が忙しかった旦那さんとはずっとすれ違い生活が続いていて、三人の子どもたちの育児も家事も全て裕美さんが担う日々だったそうだ。

小学校の運動会も保育園の遠足も、旦那さんが参加してくれたことなどほとんどなかったとか。

それでも裕美さんは、ベンチャー企業の役員である旦那さんの仕事の邪魔にならないようにと、ずっと何も言わずに我慢していたらしい。

「そんなすれ違いに疲れちゃってさ。元旦那から離婚を切り出された時にはもう自分の気持ち的にも限界だったし、何も言わずに離婚届にサインした。でもやっぱり少し後悔しちゃって」

「そうですか……」

「あの日は旦那の誕生日だったの。離婚はしたけど子供たちの父親であることには変わりないし、誕生日プレゼントくらい渡してもいいかなって思って武蔵小杉に行ったんだよね。でもそこで、旦那が若い女の子を連れてマンションに入っていくの見ちゃって……」

「えっ？　まさか……浮気⁉」

驚いて大きな声を上げてしまい、私は自分で自分の口を押さえる。

お子さんが三人もいらっしゃるおしどり夫婦だと思っていたから、離婚にも驚いたのに……まさか浮気までしていたなんて！

狼狽える私とは逆に、裕美さんは動じることなく優しく微笑んでいる。

「もう私とは離婚したんだから、別に浮気じゃないよ。でもその相手の女の子、私もずっと前から知ってる人だったんだよね。旦那の会社で働いてて、うちにも時々遊びに来てくれてた子」

「旦那さんの社内不倫《ふりん》が離婚の原因だったかも……ってことですか」

「うん。もし私が離婚届にサインする前に二人の関係に気付いてたら、もっと慰謝料ふんだくれたかもね。なんかもう、色々と悔しくて悔しくて……」

優しい笑顔のまま、裕美さんの瞳は潤んでいく。

そうか。私があの大雨の金曜日に受けた電話は、大好きな旦那さんの気持ちが別の人に向いていることを知ってボロボロに傷ついた裕美さんが、骨折の痛みにまで耐えながらかけてきたものだったんだ。

あの日の私はそんなことには気付かずに、勝手に一人で慌ててマニュアルをめくっていた。

情けなさが込み上げる。せっかく裕美さんが頑張って笑顔を作っているのに、私の方が耐えられなくて声を上げて泣き始めてしまった。

「やだ！　三郷ちゃん、泣かないでよ」

「……うぇっ、だって……！　酷い、酷いよ……！　裕美さんがお子さん三人も抱えて、何でこんな目にあわないといけないの……！」

「もう……ちょっと、私まで泣いちゃうじゃん」

私たちはソファの上で抱き合って、息が苦しくなるくらいまで泣いた。

途中、私たちの前を横切っていく社員が訝し気な顔で見てきたような気がしたが、そんなこともお構いなしに。

二人でひとしきり泣いたあと、どちらからともなく時計を見ると、もう定時を過ぎていた。裕美さんはハンカチで涙を拭いながら、「保育園のお迎えに行かなきゃ」と立ち上がる。

「三郷ちゃん、私頑張るよ。次の正社員登用試験、絶対に受ける」

「裕美さん……！」

「こんなことで負けてられないよ。こっちは子供三人も抱えてるんだから。今は営業アシスタントだけど、正社員になって営業でもなんでもやってやろうと思う。母は強いんだ！　っていうところ、元旦那《アイツ》に見せてやらなきゃ」

　パンパンに腫れた目で、裕美さんは無理矢理微笑んだ。

　私も裕美さんに笑みを返す。涙で滲んだマスカラとアイライナーでとんでもない顔になっているだろう。

　でも、そんなことはもうどうでも良かった。

「裕美さん、私は採用教育課じゃないから、裕美さんの正社員登用試験に対してなんの権限もないけど、一人の社員として裕美さんを応援してます。裕美さんなら、アシスタントだけじゃなくて営業だって絶対できます。だって、こんな私だって営業でなんとかなってたんだもん」

「三郷ちゃんは立派に頑張ってたよ。今も人事で頑張っているじゃない。私も三郷ちゃんに負けないように、とにかく全力でやってみる。見てて！　労災申請が通ろうが通るまいが、そんなこと一切気にしないくらいの余裕を持った、バリバリの正社員になってやるから」

労災申請が通るか通らないかを気にしないと言った裕美さんの言葉に、「いや、そこは気にして下さい」と心の中でツッコミを入れた私は、少しずつ営業部社員から人事部社員に変化しているのかもしれない。

（人事の仕事って、私が考えていたよりもずっと奥が深い。社員に寄り添うって、並大抵の努力ではできないことだ）

株式会社フロムワンキャリア、人事部人事労務課、三郷芙美。

たった数ヶ月のうちに肩書きは全く変わってしまったけれど、私という人間の本質は変わらない。

営業部だろうが人事部だろうが、関係ない。

多分私は、人が成長していく姿を感じるのが好きなんだと思う。

裕美さんと別れて人事部フロアに戻った私は、密かに心に決めていた。

人事部の社員として、必死で仕事を覚えてやる。マニュアルに書いてあることは暗唱できるくらいまで、全て読み込むんだ。

個々に色んな事情を抱えた社員一人一人の心に寄り添って、みんなが仕事に安心して取り組める土壌を作りたい。

裕美さんのように、新たなチャレンジをする社員たちを支え、応援したい。

そしてそんな人事部の仕事を通じて、私自身も成長できたら——

やるべきことがたくさんあると思ったら、俄然パワーがみなぎってきた。

私は自分のパソコンのスリープ解除のためにパスワードを入力すると、藤堂さんのように思い切り力を込めてエンターキーを「ターン！」と打った。

第三話　走れ、ハローワークへ！

この四月に入社した新入社員に向けた研修も、いよいよ今日で終わりを迎えることとなった。

約一ヶ月の間、名刺《めいし》の渡し方や電話応対といった社会人の基礎的なマナーに始まり、株式会社フロムワンキャリアのサービス概要、経営計画、関連する法律知識に至るまで、毎日頑張って勉強してきた新人たち。

採用教育課のお手伝いとして新人研修の運営に関わってきた私も、彼らを各配属先に送り出す日を迎えられて感無量《かんむりょう》だ。人事労務課の仕事を覚えながら採用教育課のお手伝いもするというのも、なかなかハードな仕事だった。

でも、それも今日でなんとか一区切り。

私も正式に人事労務課の一員として、課長となった藤堂さんの部下となる。

それにしても、直属の上司への恋にはハードルが多い。

営業職の頃のように「好きです！」というオーラを仕事に持ち込むわけにもいかないし、ましてや休日に藤堂さんをデートに誘うなんて絶対に無理だ。

その上、もし奇跡的に藤堂さんが私に興味を持ってくれていたとしても、彼が自分の部下に手を出すような人じゃないことは、火を見るよりも明らかだ。

私の恋心は前にも後ろにも動くことができず、停滞している。

（まあ、まずは仕事が一人前にできるようにならないと話にならないよね）

遠くで新入社員たちと歓談している藤堂さんを遠目に見ながら、私は「よし！」と気合いを入れる。

ここ人事部フロアの一つ上階の小ホールでは、ランチの時間に合わせて懇親会《こんしんかい》が開かれている。懇親会《こんしんかい》のケータリング手配を任されていた私は、新入社員たちが楽しそうにお喋りしながら親睦《しんぼく》を深めているのを見て、ホッと胸をなでおろした。

今年の新入社員は全部で十二人。

懇親会《こんしんかい》には今日の主役である新入社員たちの他に、彼らの受け入れ部署の上長や、社長や役員までが参加している。

会場をウロウロと様子を見て回った私は、フロアの端っこで一息ついてオレンジジュースを口にした。緊張でカラカラに乾いた体に、ジュースの甘さが染みわたっていく。

私は思わず、「ぷはーっ！」と口に出していた。

「あれえ、三郷さん！　まるでお酒飲んでるみたいな声だね。今日は色々手配ありがとう！」

「あ、田向《たむかい》さんと藤堂さん、お疲れ様です！」

人事部長の田向さんが、藤堂さんと一緒に現れた。

田向さんは元々、採用教育課の課長だった方だ。明るくて常に笑顔を絶やさず人当たりも柔らかいのに、言うべきことはハッキリ言う。そんな人格も評価されてか、育児時短勤務中にもかかわらず、この二月に部長に登用されたという逸材《いつざい》だ。

人事部長と人事労務課長のお二人が、わざわざ懇親会《こんしんかい》の様子を見に来てくれただけでなく、担当の私にまで声をかけてくれるなんて。

こんな下っ端社員の私の仕事まできちんと見守ってくれているのだと思うと、努力が報われた気がしてちょっと嬉しい。

「三郷さんって本当に頑張ってるよね。社長や役員が出席する懇親会《こんしんかい》なんて、準備するだけで緊張したでしょ？」

「そりゃもう！　何か不手際があったらどうしようかと心配で、眠れない毎日を過ごしました」
・・・眠れないと言ったのは少々大げさだが、緊張して何も手につかなかったのは事実だ。
「特にあっちのテーブルに並んでた会社のロゴの焼印《やきいん》が入ったどら焼きとか、可愛くて最高だったよ。社長もそれ見てテンション上がってたし。元営業なだけある、さすがのアイデアだね！　藤堂くん、将来有望な子が人事労務課に来てくれて良かったね」

「はい。三郷さんは人事労務課の業務内容を真面目に毎朝勉強してますし、これからのうちの課の大戦力です」

藤堂さんは眼鏡に手をやりながら、淡々と田向さんに答える。

（藤堂さん、私が毎朝早く出社して勉強していること、気付いてたんだ……）

三月に人事部に異動してすぐは色々と失敗もしたけれど、なんとか早く戦力になろうと、がむしゃらに勉強をした。

日中は研修の手伝いや人事労務課の電話対応があって集中できないので、朝早めに出社して毎朝一時間はマニュアルを読み込む！　という目標を立てた。

社会保険、給与計算、労災、健康保険の給付金手続き、入社退社の届出……法律の知識に加え、人事システムの使い方、公的機関への申請書類の書き方や不備の対応まで、運用面で覚えることも山のようにある。

営業職ではほとんどやらなかった、パソコンでのデータ集計作業にも苦戦した。

ＩＦ《イフ》関数、ＶＬＯＯＫＵＰ《ブイルックアップ》関数、ピボットテーブル、エトセトラ。

組んであった関数を誤って壊してしまって、米倉さんが慌ててバックアップデータを取り出して修正するという一件もあった。

私が失敗する度に米倉さんから嫌味の一つや二つ飛んでくるけれど、近いうちに絶対にミスを減らして人事の戦力になるんだと決めて頑張っている。

私を認めてくれる藤堂さんや、一緒に頑張ろうと言ってくれる田向さんの存在が、私にとってはとても大きい。

この二人から求められるなら、私はなんとかして期待に応えたい。

田向さんも藤堂さんも、メンバーのモチベーションを上げてくれる、尊敬すべき上司たちなのだ。

二人に褒められて照れてしまった私が下を向くと、田向さんは私の肩をポンポンと叩いて、新入社員たちの方に戻って行った。

その場に残った私と藤堂さんは、壁に背中を預けて並んで立つ。

「藤堂さん、私が早朝出勤していること気付いていたんですね」

「はい。部下がパソコンを立ち上げた時間と勤怠《きんたい》打刻時間に三十分以上の乖離があった場合、僕に通知メールが来るようにシステム設定しているもので」

「ああ、なるほど。なんか藤堂さんらしいやり方ですね」

（……私のことを少しは意識してくれたのかと期待したんだけどな。部下の労務管理の一環ってことか）

「それでですね、三郷さん」

「はい！　なんでしょうか」

「早朝出社してマニュアルを読んで勉強するなら、その時間もきちんと勤怠《きんたい》を付けてください」

「あ、はい、分かりました……」

相変わらず色気のない藤堂さんとの会話を終えて、私は懇親会《こんしんかい》終了後の準備に向かった。

◆

新入社員のために作った真新しい名刺《めいし》を、エレベーターホールに準備した長机の上に並べていく。

上の階では、懇親会《こんしんかい》終わりの一本締めが行われている頃だろう。

そこから新入社員は各自自分の配属先部署に挨拶に行って荷物を置き、ここ、人事部フロアのエレベーターホールに名刺《めいし》を受け取りに来るという段取りだ。

（初めて名刺《めいし》をもらった時、私もすごく嬉しかったなぁ）

買ったばかりの名刺入《めいしい》れに、自分の名刺《めいし》を詰め込んだ瞬間のことは、今でもはっきりと覚えている。家に帰って名刺入《めいしい》れから三枚ほど抜き取って、岡山にいる家族にも郵便で送って自慢したほどだ。

私もほんの数年前には新入社員の立場だったのに、社会人四年目ともなると、今の新入社員たちが子供のように可愛くてフレッシュに見えてくるから不思議だ。

(今年の新人たちも、名刺《めいし》喜んでくれるといいな)

そんなことを考えながら、私はもう一度、長机に並んだピカピカの名刺《めいし》を眺めた。

「あ、三郷さーん！　お疲れ様です！」

新入社員の名刺《めいし》受け取り第一号は、第一営業部配属の有本《ありもと》くんだ。

「有本くん、お疲れ様！　もう配属部署への挨拶は終わったの？」

「はい！　今西課長にご挨拶してきました」

「今西さん課なんだ！　私もこの二月まで今西さん配下《はいか》だったんだよ。あ、名刺《めいし》渡すからちょっと待っててね」

他愛もない会話をしながら有本くんの名刺《めいし》を探す。

五十音順に並べたから、一番右にあるはずだ。

「有本圭太《けいた》、ありもと、ありもと……」

下を向いて名刺《めいし》を探していると、再びエレベーターの到着音が鳴る。

(わ、第二号さんが来ちゃった。急がないと)

有本くんの名刺《めいし》を見つけて手を伸ばそうとした瞬間、突然私の目の前の長机が大きな音を立ててガタンと揺れた。

一体何が起こったのかと、私は長机を押さえながら顔を上げる。すると新入社員の有本くんのすぐ横に、知らない男性が立っていた。

男性はその顔に怒りの表情を浮かべ、唇を震わせながら私のことをじっと見ていた。

（誰？　この人、今この長机を思いっきり蹴ったよね……？）

「お前、人事部の社員か⁉」

男性は唇を震わせながら私に尋ねる。

この人は一体誰なんだろう。上下スーツ姿ではあるが、社員なら首にかけているはずのフロムワンキャリアの社員証は見当たらない。

中肉中背、少し筋肉質で濃い目の顔立ち。ギロっとした大きな目が特徴的だ。

なんとなくどこかで見たことがあるような顔だなとは思ったが、どこで会ったのかもすぐには思い出せなかった。

いずれにしても、エレベーターから降りるやいなや突然目の前で机を蹴って来るような人は、ただの不審者だ。新入社員が続々とやって来るこの場所に居座られては大変なことになる。

新入社員たちのせっかくの大事な門出《かどで》を、邪魔されるわけにはいかない。

私は有本くんに目配せして、長机のこちら側に回って来るように小さく手で合図をする。

男性と有本くんの距離が離れたのを見計らって、私は男の方に顔を向けた。

「恐れ入ります。私はフロムワンキャリア人事部の者です。失礼ですが、どちら様でしょうか！」

私がそう言い終わる前に、男はもう一度長机を思い切り蹴り上げる。その勢いで長机を留めていた金具が外れ、大きな音を立てて床に倒れた。

新入社員たちに配るはずの名刺《めいし》の箱が、エレベーターホールに無残に散らばる。

「お前、人事部のくせに俺のことも知らないのか？」

「はい、申し訳ありません！　まだ異動して来たばかりなのですが、ご用件はなんでしょうか！」

恐怖心を抑えながら、男性に舐められないように毅然《きぜん》とした態度で言い返す。

ちょうどその時、先ほどの机が倒れた音に気が付いたのか、人事部の扉が中から開いた。

(助かった！　誰か警察を……)

振り向くと、扉の隙間からひょっこりと顔を出したのは藤堂さんだった。

「藤堂さん！」

「どうしたの、三郷さん。すごい音がしたけど平気ですか？」

「藤堂さん、実はこちらの来客の方が……」

「……あれ？　金井《かない》さんじゃないですか」

藤堂さんは飄々とした態度で、明るく不審者に話しかける。そのままトコトコと私の方に近寄ると、不審者から庇うように私と有本くんの目の前に背中を向けて立った。

「金井さん、お久しぶりですね」

「藤堂！　お前さ、どういうことなんだよ！」

「どうしましたか？　有給消化してちょうど昨日付けで退職ですよね、金井さん。セキュリティカードもないのにこんなところまで入って来ては駄目ですよ。どうやってエントランスゲートを通してもらったんです？」

藤堂さんの言葉から察するに、この金井さんという男の人は既に退職したうちの社員のようだ。それでどこかで見たことがあるような顔をしていたのか。

自分のことを知っている社員が出てきて少し気持ちが落ち着いたらしく、金井さんの口元の震えはおさまっていた。

一度大きく息を吸い、金井さんは藤堂さんを睨みつける。

「離職票《りしょくひょう》はどうしたんだよ。退職したらすぐ出せって言っただろ」

「離職票ですか？　金井さんは昨日付けでご退職なので、これから届出の準備です。退職日から一週間程度で郵送しますとお伝えしていますよね。金井さんだってよくご存知じゃないですか、うちの業務フロー。人事労務課の元課長だったんだから」

（あ、なるほど！　この人が例の、急に退職したという藤堂さんの前任の課長さんか）

中途半端な時期に突然退職して有給消化に入ったと聞いたから、どんな人なのかと思っていた。退職日の翌日に離職票を要求して会社に押しかけるなんて、想像以上にクセのあるキャラクターじゃないか。

離職票というのは失業保険の受給手続きに使う書類で、藤堂さんの言う通り、退職日の翌日以降でないとそもそも発行手続きができない。

物理的にできないものを要求されたとて、こちらも打つ手がないのは、元課長であれば分かっているはずなのに……

「退職日の翌朝には届けろって、米倉に言っといたぞ！　なんで持って来ないんだよ。もう十三時だぞ！」

「金井さん、もしかして米倉さんに個別に離職票を頼んだんですか？」

「そうだよ！　これで失業保険の受給が遅れたらどうしてくれるんだよ！　すぐに出せよ、この場で！」

「今すぐ出せないの知ってて無理言わないで下さいよ、金井さん」

唾を飛ばしながら怒鳴りつける相手にも動じず、藤堂さんは淡々と答えていく。

話の合間に私の方を小さく振り返ると、「とりあえず有本くんに名刺《めいし》渡して帰らせて」と小さく囁いた。

そしてそのまま金井さんの背中を押して、来客ブースの方に連れて行く。

エレベーターホールは、先ほどの騒ぎが嘘のように静まり返った。

（藤堂さん大丈夫かな……あの人、暴力を振るいかねない勢いだったけど）

藤堂さんのことは心配だが、私のやるべきことはまず有本くんを部署に戻すことだ。

私はできるだけ冷静を装って床に落ちた名刺《めいし》を拾うと、有本くんに手渡した。

「ごめんね、ちょっと怖かったよね」

「いえ、僕の方こそ何もできずすみませんでした。あの方、辞めた社員さんなんですね……」

「何か事情があって怒ってらっしゃったのかもしれないね。有本くんは心配しないで、営業部に戻ってね。そうだ！　営業一課に私の同期の斉藤菜々っていう子がいるから、今度有本くんをよろしくって言っておくよ」

「本当ですか？　ありがとうございます！」

早くエレベーターが到着してくれないだろうか。

私は有本くんに作り笑顔を向けながら、背中側で何度もエレベーターのボタンを押した。

◆

有本くんをエレベーターの扉が閉まるまで見送ったあと、私はしばらくエレベーターホールで呆然と立ち尽くしていた。

足元には、散乱した名刺《めいし》の箱と、倒れたままの長机。

新入社員に怪我人が出なくて良かったけれど、一歩間違えば危なかった。しかも藤堂さんは今この時も不審者……もとい、金井さんと直接対峙している最中だ。

（とりあえず、今私にできることをしよう）

有本くんに続き、もうすぐ残り十一人の新入社員も名刺《めいし》を取りにくるはずだ。私は倒れた長机をもう一度起こし、名刺《めいし》の箱を拾った。

「有本くんの次は、誰だっけ。あいうえ、お……小澤さんか」

先ほど並べた名刺《めいし》を、もう一度五十音順に並べ直す。

作業の手を動かしながらも、頭では藤堂さんのことばかり考えてしまう。藤堂さんは金井さんに殴られたりしていないだろうか。

様子を見に行こうかとも思ったが、次々と人事部フロアを訪れる新入社員たちの対応で手いっぱいでこの場を離れることもできない。

やっと全ての名刺《めいし》を配り終えた時には、藤堂さんたちが来客スペースに消えてから既に三十分以上が経過していた。

「ただいま戻りました！」

フロアの扉を開けて人事労務課のメンバーに声をかけると、課長席に藤堂さんが座っているのが見えた。

（良かった……！　あの金井さんっていう人、帰ってくれたんだ）

藤堂さんの席の横には米倉さんが立っていて、二人で何やら話し込んでいる。

私は藤堂さんの斜め前にある自席にそっと座ると、二人の会話を邪魔しないように小さく「戻りました」と声をかけた。

「あ、三郷さん。先ほどはすみませんでした。大丈夫でしたか？」

藤堂さんが、米倉さんとの会話を中断して私に尋ねる。

「私も有本くんも全然大丈夫です。それより、あのあとどうなったんでしょうか。金井さんがすごく怒ってらっしゃったので心配で……」

「大丈夫ですよ。三郷さんは知らないでしょうが、先ほどの方は前の人事労務課長だった金井さんです。退職理由をしっかりとヒアリングできていないので、本当のところは分からないのですが、田向さんが部長に昇格した時に、昇格したのが自分ではなかったことに腹を立てたようで……。突然退職の申し出がありました」

「……ええっ？　自分が部長になれなくて、田向さんに嫉妬《しっと》して辞めたってことですか⁉」

衝撃的な退職理由に驚いてポカンとしている私に、藤堂さんと米倉さんが険しい顔で同時に頷く。

「田向さんが部長になるって人事が発表された時の金井さん、ひどいものだったのよ。田向さんは育児時短勤務でしょ。まだお子さんも小さいから、突発休《とっぱつきゅう》を取ることもある。金井さんとしては、自分がいつも田向さんのフォローを押し付けられてると思ってたみたい。だから部長人事に納得いかなかったんでしょうね。それで突然退職して、その後任が藤堂さんっていうわけ」

「金井さんの本心はどうあれ、その後引継ぎもせずに突然出社しなくなったことは事実です」

(引継ぎもしなかったんだ)

あの穏やかな藤堂さんが、こんなにも不機嫌になるのは珍しい。

金井さんという人は、それほどまでに厄介な人物なのだろう。

必死で仕事を頑張っていたのに評価されなくて悔しい気持ちはあったのだろうが、だからと言って引継ぎもせず突然出社しなくなるなんて、一社会人として失格だ。

「それで会社に押しかけるなんて、逆ギレでしかないですね……」

「それだけじゃないのよ、三郷さん。一月末に退職するって言い出して、二月はほとんど稼働《かどう》していなかったし、三月と四月は有給消化してるだけで、実質出社してないから退職金を先に払えとか、退職日の翌朝には離職票を持って俺の家に来いとか。何度もそんな脅迫《きょうはく》めいた電話をかけてきたわよ、あの人は」

米倉さんはボールペンの芯をカチカチと出したり引っ込めたりして苛立っている。その横で、藤堂さんが口元をピクリと引きつらせた。

「米倉さん、やっぱり金井さんから離職票を頼まれてたんですか？」

「頼まれたけど断りましたよ。離職票なんて、そんなすぐに準備できるわけないじゃないですかって伝えました」

「金井さんは、今日離職票が自分の手元に届くものだと思い込んでました。米倉さんが断ったことに対して理解も納得もしてないようです。十六時までに立川《たちかわ》駅まで離職票を持って来い！　って叫びながら帰りましたから」

「はあ⁉」

米倉さんは爪で金属を引っ掻いた時のような高い声を上げる。

私は思わず両手で耳をそっと塞いだ。

藤堂さんの言葉が、米倉さんのご機嫌にも火を点けてしまったらしい。米倉さんは自分の机にボールペンを思い切り投げつけると、鬼の形相《ぎょうそう》で反論を続ける。

「藤堂さん！　もしかしてそんな無茶な要求を引き受けたんですか？　金井さんだけ特別扱いするんですか？」

「仕方ないです。米倉さんが離職票はすぐに出せないと伝えたつもりだったんだとしても、金井さんの方は今日届くと思い込んじゃってるんですから」

「特別対応なんかしなくていいですよ。私はちゃんと断りましたから！」

「今この場で、言った言わないの議論は不毛《ふもう》です。離職票の発行に必要なデータを佐藤さんに準備してもらってるので、準備できたら僕が行ってきます」

「なんであんな人を特別扱いしないといけないんですか？　勝手に拗《す》ねて勝手に辞めて、仕事の引継ぎだって何一つせずにいなくなったじゃないですか！　それに一番の被害者は藤堂さんですよね？」

金井さんの後任課長は、確かに藤堂さんだ。引継ぎが一切なかったのだとすれば、藤堂さんはゼロから手探りで課長職をこなしていたことになる。米倉さんが藤堂さんを『被害者』と表現するのも、あながち間違っていない気もする。

しかし藤堂さんは、そんなことはどこ吹く風といった様子で、いつも以上に感情を見せず淡々としている。そんな藤堂さんの様子が気持ちを逆なでしてしまったのか、米倉さんの勢いは止まらない。

「ごねれば特別扱いしてくれるってことですか？　そんなやり方で、全社員に対して公平に対応できていると言えますか？　人事労務課の課長として、その判断はいかがなものかと思いますけど！」

怒って捲し立てる米倉さんの声に反応して、隣の島の採用教育課の社員たちもこちらをチラチラと窺い始めた。

私の瞼の裏に、『昼ドラ』という単語がチカチカと点滅し始める。

オフィスのドロドロ模様が大好物の小室さんにこのケンカを見られようものなら、私の時のようにまた人事労務課が新人のオリエンテーションの際の話のネタにされてしまうかもしれない。

（どうしよう……なんとかこのケンカを止めなきゃ）

ふと視線を動かすと、壁際のプリンターの前で、派遣社員の佐藤《さとう》さんが離職票に必要な書類の印刷を進めているのが見えた。

「……米倉さん。確かにゴネ得になるのは良いことではないです。でもこうして実際に三郷さんが危険な目にあっているし、僕と米倉さんの業務は金井さんの対応に手を取られて滞ってます。僕は人事労務課のメンバーの安全と業務時間を守るために、ここはイレギュラー対応すべきだと思ってます」

「はあっ⁉　もう、藤堂さんが課長なんてやっぱりおかしかったんじゃないでしょうか。ガッカリです！」

「――ちょっと待ってください！」

私は思わず立ち上がって叫んだ。

藤堂さんと米倉さんの応酬《おうしゅう》を静かに見守っていたフロアの社員たちは、突然話に割り入った私の方を一斉に注目する。

（しまった……！　でも、こんな無駄なケンカを続けてたって意味がないもん）

冷たく突き刺さる視線に耐えながら、私は背筋を伸ばす。

「これは、つまり……あの、立川まで離職票を持って行けばいいってことですよね？」

「三郷さん？」

「離職票、私が行ってきます。元営業だから移動は慣れてます。立川駅まで行って、金井さんに離職票を手渡せばいいだけですよね？　私はまだ半人前だし、少し業務を抜けたところで大きな影響はありません。藤堂さんが行くよりも、私が行った方がいいと思うんです。離職票ってどこにありますか？」

早く二人のケンカを終わらせたくて、私は早口で捲し立てた。

米倉さんは私に向かって唇を歪ませる。藤堂さんは「ふうっ」と一度息を吐くと、小さな声で答えた。

「離職票を発行するには、まずは会社所轄のハローワーク品川に必要書類を持って届出に行かなければいけません。そこで発行された離職票を持って、そこから立川です。

でも、三郷さんはさっき……」

「分かりました！　まずはハローワーク品川に書類を届けて離職票を発行してもらい、そこから立川へ移動ですね。走れば間に合います！」

威勢よく返事をした私に向かって、米倉さんがデスクの向こうからため息をつく。

「三郷さん、さっきの私の話聞いてた？　誰が立川に行くかじゃなくて、今は金井さんを特別扱いするかどうかの議論をしてるんだけど」

「でもその結論を待っていたら、十六時に立川なんて絶対間に合わないです。いくら私の脚力をもってしても」

「あのねぇ……だから、間に合わせる必要ないってば！　初めから離職票は一週間程度かかるって金井さんには伝えてあるんだから」

米倉さんがデスクにドンと両手をついたその時、ハローワークへの届出準備を終えた派遣社員の佐藤さんが、届出書類を持って藤堂さんの席に走ってきた。

藤堂さんはそれを急いでチェックして、一枚ずつめくりながら社印《しゃいん》を押していく。

「三郷さんの言う通り、ここは対応するしかありません。僕が人事労務課の課長としてそう判断します。でも、立川へは僕が行きます」

「いえ、私が行きますよ！　藤堂さんは十五時半から経営会議に出ないといけないじゃないですか。立川に行ってたら間に合いません」

「いや、それでも……」

椅子から半分立ち上がった藤堂さんの手から、私は届出書類をひょいっと抜き取った。そのまま自分の鞄の中に投げ込むと、ハイヒールを脱いでデスク下に置いてあったスニーカーに履き替える。

「三郷さん、書類を返して下さい」

「藤堂さんは自分の仕事、ありますよね？」

私はいつぞや藤堂さんから言われた台詞《せりふ》を、同じように返してみる。

大船へ引っ越しをしたのに通勤経路変更申請を忘れてしまった私のために、藤堂さんが給与振込日の前日に銀行に走ってくれた十一月のあの日。

責任を感じた私が銀行に一緒に行こうとすると、藤堂さんは笑顔でこう言ったのだ。

『三郷さんは自分の仕事、あるでしょ』と。

まだまだ人事部では半人前の私だけど、いつまでも受け身ではいられない。私は私にできることを、ちゃんと『自分の仕事』として責任を持ってやり遂げたい。

困惑した藤堂さんは、自分のボサボサ頭を右手でくしゃっと掴む。

穏やかなのに、意外と頑固だ。早く諦めて私を立川に行かせてくれないと、本当に十六時に間に合わなくなる。

「藤堂さん。私、毎朝マニュアルを読んで勉強したので、雇用保険関係の知識も多少は身についたと思ってます。私にもたまにはドーン！　とお仕事を任せてもらいたいんですけど、どうですか？」

「……」

「大丈夫ですよ、分からないことがあったら電話しますから」

「…………三郷さん。ハローワーク品川で離職票が発行されたら、まずは会社控えと本人控えに分けること。会社控えは金井さんに渡さず、三郷さんが持って帰って来て下さい」

「分かりました、大丈夫です！」

満面の笑みで、私は藤堂さんに向かって敬礼をしてみせる。

藤堂さんが、私に仕事を任せてくれた！

今まで色々と藤堂さんや人事部のメンバーに迷惑をかけた分、私も何かの役に立ちたい。人事部全体が多くの仕事を抱えている今、ここでこの仕事をやるのは私しかいない。

派遣社員の佐藤さんが、ハローワーク品川の地図を印刷して私に手渡してくれた。そして米倉さんに聞こえないようにこっそりと、「三郷さん、頑張って！」と私に耳打ちする。

一方の米倉さんはまだ納得がいかない様子だ。腕を組んだままデスクを回って、ずいずいと私の方に近付いて来た。

「三郷さん、怖くないの？　目の前で金井さんに長机を蹴られたんでしょ？」

「確かに少し怖かったですけど、もしかしたら金井さんにも何かご事情があるのかも。例えばご家族が病気で本当にお金がないとか、昇格ができなくて精神的に参っちゃってるとか」

「だからって……」

「あんな状態だから詳しいお話は聞けないと思いますけど、金井さんも元はずっとうちの会社でプライドを持ってお仕事してきた方ですよね。離職票は出しません！　ってばっさり切り捨てるよりも、私としては頑張って働いてきた社員の気持ちに寄り添いたいなって思います」

私は米倉さんに満面の笑みを向けた。

大先輩の米倉さんに向かって生意気な口を叩いているのは分かっている。

でも私は、藤堂さんのような人事になりたい。

藤堂さんならばきっと、人事部内のルールを四角四面に当てはめて切り捨てるのではなく、金井さんの立場に寄り添って対応を決めるはずだ。

藤堂さんはいつも口癖のように、「当たり前のことは当たり前にやり切るのが人事だ」と言う。

・・・当たり前という言葉の定義はとても難しい。
会社にとっての『当たり前』と社員にとっての『当たり前』は、一致するとは限らないからだ。だからこそ、今守るべき『当たり前』が何なのかを考え続けなければいけない。正解はないのだとしても。

私はスニーカーの爪先で床をトントンとしながら、藤堂さんに視線を移す。

藤堂さんは私と目が合うと、大きく頷いて言った。

「僕が課長として判断します。今回は三郷さんの案を採用しましょう。三郷さん、気を付けて行ってきて！」

予想通りの藤堂さんの言葉に、私も藤堂さんに頷き返す。

「はい、お任せください！　行ってきます！」

◆

立川駅に到着したのは、金井さんに指定された時刻の十分ほど前だった。

品川のオフィスを出た私は、派遣社員の佐藤さんから受け取った届出書類を持ってハローワーク品川へ。

そこで発行された離職票を受け取り、窓口の担当者に聞きながら離職票を本人用のものと会社控えに分けた。その場で金井さんに渡す分を封筒《ふうとう》に入れると、その足で田町駅から電車に飛び乗った。

もしも約束の時間に遅れていたら、ますます金井さんの怒りを買っただろう。十六時までに到着することができて、まずは第一段階クリアだ。

私は胸をなでおろして、待ち合わせ場所である立川駅の北改札に向かった。

夕方十六時の立川駅は、人の行き来は多くても、品川駅に比べればさほどではない。人波を縫って改札を出たすぐのところで、金井さんはすぐに見つかった。

先ほどと同じスーツ姿で腕を組み、壁にもたれて立っている。私は一度深呼吸をし、覚悟を決めて金井さんに小走りで駆け寄った。

「お疲れ様です！　株式会社フロムワンキャリア人事部の三郷です」

「……え？　ああ、さっきの」

私が大きな声で挨拶すると、金井さんは気怠そうにボソッと呟いた。

人事部フロアのエレベーターホールで長机を蹴った時のような勢いはおさまっている。良かった、これならなんとか会話はできそうだ。

「はい、金井さんの離職票をお持ちしました。四月二十五日付けで退職手続きをしております」

「ちょっと待って。中身確認するから」

私が差し出した封筒《ふうとう》を乱暴に奪い取ると、金井さんはその場で封を開けて中身を取り出す。

書類と封筒《ふうとう》がこすれて、ガサガサという音が鳴る。

私の心臓の音も、ドクドクと速くなる。

ハローワークの窓口担当者に何度も確認したから、不備や不足はないはずだ。

離職者本人用の離職票と、失業保険の説明が書かれた冊子。これを持って金井さんが管轄《かんかつ》のハローワーク立川に行き、失業保険の手続きをしてくれれば万事解決となる。

今から品川に戻れば、十七時半くらいにはオフィスに到着できるだろうか。

戻ったら事業主控えをどこに保管するのか、派遣社員の佐藤さんに確認したい。

十七時半なら、まだ佐藤さんも退勤はしていないはずだ。

ファイリングをお願いして、会議から戻った藤堂さんに今日の報告をして……

このあとの段取りを頭の中で考えている私の目の前で、金井さんは半分に折ってあった離職票を広げる。片眉を上げて目を見開くと、記載された内容を舐めるようにチェックを始めた。

離職票の左のページを見終わって、右ページに視線が移動する。

ふと、金井さんの表情が変わった。

眉間《みけん》に深い皺を寄せながらしばらく離職票を眺め、そして下唇を噛んで私をキッと見る。

（あれ、私何か失敗した……⁉）

書類の不備不足だけは絶対ないようにと、何度も確認したのに。

金井さんは緑色の枠が印字された薄い離職票の用紙を、私の目の前に突き出した。

「なんだよ、これ。なんで俺が自己都合退職なんだよ」

「え……？」

「この欄、見てみろよ。『労働者の個人的な事情による離職』の部分にチェックが入ってるだろうが！」

私は離職票を受け取って、金井さんが指を差していた『離職理由』の欄を確認する。

失業保険を受けるためにハローワークに提出する離職票には、『離職理由』を記載する欄が設けられている。この離職理由の内容に応じて、失業保険の受給開始となる時期が異なるからだ。

自己都合での退職の場合、金井さんの言う『労働者の個人的な事情による離職』の欄にチェックを入れて離職票が発行される。

これをハローワークに持って行った場合には二カ月間の給付制限がかかるので、実際に失業保険を受給できるのは少し先になってしまう。

だからと言って、失業保険を早く受給するために離職理由を変更することはできない。自己都合で退職したものを、勝手に会社都合の退職として取り扱えば、虚偽《きょぎ》の申告になってしまう。

「金井さんがご退職されたのは、金井さんご自身の希望だと聞いています。それならば、この『労働者の個人的な事情による離職』で間違いないと思うのですが」

「は⁉　あんた、最近人事部に異動してきたから何も知らないんだろうが、俺は自分から辞めたんじゃない。会社に辞めさせられたようなもんなの。子供が熱出しただの保育園の行事だのを理由に全く仕事しない田向の仕事を、こっちが全部引き受けてたんだよ。その上、田向が先に部長に昇格だ？　そんなの俺に会社を辞めろって言ってるようなもんじゃないか！」

荒ぶる金井さんの声が、立川駅の雑踏《ざっとう》に反射する。

彼の言っていることは支離滅裂《しりめつれつ》だ。

田向さんが部長になったからと言って、金井さんが会社を辞める必要なんてなかった。誰も金井さんに「会社を辞めろ」なんて言っていない。

会社が決めた昇格人事に納得が行かなくて、退職することを決めたのは金井さん本人だ。

金井さんの機嫌は、みるみるうちに急降下していく。せっかく持ってきた離職票を破り捨てたりしないだろうか。そう考えただけで手が小刻みに震えた。

（こんな無茶を言われたって、私も困る。一体どうしたらいいの？）

金井さんと私は、黙り込んだままお互いの顔を見つめる。ここはオフィスじゃない。昼間のように、藤堂さんが助けに入ってくれることはない。

（自分一人で解決しなきゃ）

きっと大丈夫、私にはできる。

営業をやっていた頃、飛び込み営業をした先で烈火《れっか》の如く怒られた経験だってあるのだ。危害さえ加えられなければ、誰かに理不尽に怒られることなんて慣れている。

さすがの金井さんも、こんな人目につくところで私を殴ったり蹴ったりはしないだろう。警察沙汰《けいさつざた》になっては、金井さんの方だって失業保険どころではなくなるのだから。

怒りで顔を紅潮させた金井さんは、私を鋭い視線で見下ろしている。

金井さんがここまで怒るのはなぜだろう、何に追い詰められているのだろう。

「おい、行くぞ」

考え込む私に向かって、金井さんは駅の出口の方に向かうよう顎で合図をする。もしかしてこのまま私を、ハローワークまで連れて行くつもりだろうか。

そんなことをしても、自己都合退職は自己都合退職。離職票に記載された離職理由は変えられない。

失業保険の受給開始まで、金井さんには二カ月間耐えてもらうしかないのに。

「おい、何黙って突っ立ってんだよ。一号《いちごう》だか二号《にごう》だか知らんが」

「三郷です！」

「お前の名前なんてどうだっていいんだよ！　ハローワークの窓口で、お前が説明しろ。俺は自己都合退職じゃない。株式会社フロムワンキャリアが俺を退職に追い込んだと、そう説明しろよ」

「でも、それは……」

「うるさい。早く行くぞ」

もう一度顎をくいっと動かして、金井さんは足早に駅から出て行った。私もこのまま黙って一人で帰るわけにはいかず、慌てて金井さんのあとを追う。

歩きながら、佐藤さんが渡してくれた地図を取り出す。そこには、「ハローワーク立川　立川駅北口より徒歩十分」と記載があった。

（十分か。その間に何か手を考えないと。金井さんがハローワークで暴れたりなんかしたら大変だし、そもそも離職理由を捏造《ねつぞう》することなんてできないんだから）

私は毎朝のように読み込んでいた人事労務課のマニュアルの中身を必死に思い起こした。社員の退職時の手続きが書かれたページを、頭の中に浮かべてみる。

「おい！　遅いぞ一号！」

「……三郷です」

金井さんがうるさくて集中できない。

立川駅前の横断歩道の信号から流れてくる電子音も、私の思考の邪魔をした。

（こりゃ、駄目だわ）

こうなったら方針転換だ。金井さんの機嫌を直す方向に舵《かじ》を切ろう。

私は小走りで金井さんの歩く左側にぴったりと付き、努めて笑顔で話しかけた。

「金井さんって、有給消化に入ってから毎日どうやって過ごされてたんですか？」

「……は⁉」

「だって金井さんはフロムワンキャリアで新卒からずっと勤め上げてこられた方ですよね？　私は人事部に異動したばかりだからまだよく分かっていないですけど、人事労務課のお仕事って本当に大変だなあって思って」

「……」

「少しゆっくりして、お仕事のお疲れが取れてたらいいなって思っただけです」

知らない相手と距離を縮めるには、まずは相手の立場に共感する。苦労をねぎらってみる。これは三年間の営業職経験から、私が学んだコミュニケーションテクニックの一つだ。

金井さんの本心を聞かせてもらうために、どうにかこの場を和ませたい。

「……田向が早く帰ったり休んだりした分、俺が代わりに働いてたんだよ」

「そうですよね。何かあった時にすぐに相談できる上司の方が近くにいらっしゃると、メンバーは安心ですから。金井さんもたくさん頼られてたんじゃないですか？」

「なんで俺が採用教育課の面倒まで見なきゃならないんだよ。ふざけるなよ」

ハローワークの方角に真っすぐ続く広い歩道の真ん中で、金井さんは思い切り舌打ちをした。

ポケットから取り出したハンカチで汗を拭きながら、私を拒むように反対側に顔を向ける。

金井さんが突然退職したのは、田向さんが先に部長に昇格したことに対する嫉妬《しっと》が理由だと、藤堂さんから聞いた。

今こうして金井さんと二人で話をしていても、やはり田向さんが管理すべき採用教育課の仕事のフォローまでさせられていたことに、腹を立てているように見える。

（どうしてこんなにこじれてしまうまで、みんな金井さんのフォローをしなかったんだろう）

田向さんが先に昇格することは既定路線だったとしても、その説明が事前に丁寧に金井さんになされていれば、こんな事態にはならなかったんじゃないだろうか。

昇格レースはシビアなものだ。

しかし、昇格しなかった社員が頑張っていなかったというわけじゃない。

金井さんだって、田向さんのフォローをしようと必死だったんだろう。退職前はいつもフロアで最後まで残業していたと聞いた。

『昇格』という目に見える形でなくたっていい。

周囲から評価を受けている、認められている。

そう感じるような環境にいれば、それだけでやる気が出ることだってある。

営業部で腐っていた私を支えてくれていたのは、『渡辺さんに次ぐエース』とおだてて応援してくれた今西さんのおかげだし、今こうして人事部で頑張っていこうと思えるのは、私の仕事を見守って褒めて伸ばしてくれる田向さんや藤堂さんのおかげだ。

『誰からも評価されない』

社員にそんな風に思わせないよう、会社側も何かできることがあったんじゃないだろうか。

（せめて何か一つでも金井さんの功績を証明できるようなものがあれば、機嫌を直してくれるかもしれないのに……）

金井さんは私を無視して先へ先へと歩いて行く。

ハローワークの閉庁時間は何時だったっけ。派遣社員の佐藤さんが色々と下準備をして私に渡してくれた資料一式を、カバンの中に手を入れてゴソゴソと探す。

カバンの中で、クリップ留めされた書類の束に手が触れた。

十メートルくらい先から「遅い！」と怒鳴る金井さんを無視して、私はその書類の束をカバンから出してペラペラとめくる。

（これだ……！）

この書類があれば、もしかしたら金井さんも納得してくれるかもしれない。

佐藤さんグッジョブ！

私は心の中で佐藤さんに全力で御礼を言い、金井さんの元へ走った。

「金井さん！　ちょっと待ってください！」

「待てるわけないだろ！　早くしろ」

急かす金井さんの元に駆け寄り、私は彼の左腕に飛びついた。

驚いた金井さんはブンブンと腕を揺らして私を振り切ろうとするが、半分地面を引きずられながらなんとか食い下がる。

すぐ側のベンチに座っていた男性が、言い争う私たちを不審に思ったのか、避けるように立ち上がって去って行った。

（ちょうど良かった！　おじさん、場所を空けてくれてありがとう！）

「金井さん、ちょっとそこのベンチに座りましょう！　話があります」

「だから！　迫ってるんだよ、閉庁時間が！」

「まだ大丈夫ですよ。あと三十分以上あるじゃないですか。私の話は五分で済みます。待ってくれないなら、このまま回れ右して会社に帰りますよ！」

これでもかと目を見開いて、私は金井さんを睨みつける。

しばしの沈黙のあと、金井さんは「分かったよ」と言って目を逸らした。

ベンチに金井さんを座らせて、私は先ほどカバンの中で見つけたクリップ留めの書類を取り出し、膝に置く。

金井さんにはもう一度離職票の入った封筒《ふうとう》を出すように頼んだ。渋々封筒《ふうとう》を差し出した金井さんの手から、私はそれを受け取る。

「何度も申し訳ないのですが、事情がどうあれ、今回の金井さんの離職理由は『自己都合』になります。ここはどうしても変えられません」

「……だからお前が窓口で説明するんだろ。本当は会社都合で辞めさせたんだって」

「虚偽《きょぎ》の説明はできません。でも、金井さんがフロムワンキャリアを退職するまで必死で働いて下さっていたことなら証明できます」

「はあ？」

私は離職票の入っていた封筒《ふうとう》から黄緑色の冊子を取り出し、パラパラとめくった。

ハローワーク品川で離職票と共に受け取ったこの冊子のタイトルは、『離職された皆様へ』。失業保険に関する情報が離職者向けに分かりやすくまとめられている一冊だ。

この冊子の「特定受給資格者《とくていじゅきゅうしかくしゃ》」についての説明ページまで繰ると、私はそれを金井さんに渡した。

「金井さんは退職前、田向さんのお仕事のフォローのためにいつも残業してらっしゃいましたよね。退職前の残業が一定の基準を超えた場合、自己都合退職であっても特定受給資格者となり、失業保険に二カ月の給付制限がかからないケースがあります。金井さんもご存知ですよね？」

「全く意味が分からんね。その特定じきゅ……っていうのも」

「特定受給資格者、です。簡単に言うと、自己都合退職であっても、会社都合退職の時と同じように扱ってもらえるというものです」

口にするだけで噛みそうな専門用語の羅列《られつ》についていけなくなったのか、金井さんはポカンと口を開けている。

特定受給資格者。

それは会社倒産や解雇《かいこ》など、自分ではどうしようもない理由によって退職を余儀なくされた人に対しての、失業保険をもらう時の区分のようなものだ。

特定受給資格者として認められれば、失業保険受給にあたっての条件が緩和《かんわ》されたり、給付日数が手厚くなったりする場合がある。

退職前の残業時間が著しく多い場合には、「会社側が社員の健康障害を防止するための策を取らなかった」とみなされ、金井さんのようなケースでも会社都合退職と同じように扱ってもらえることがあるのだ。

会社都合退職ならば、失業保険の給付制限もない。二カ月間待つ必要もなくなる。仮にも人事労務課の課長だった人なのに、特定受給資格者のことを知らなかったとは。管理職だった金井さんは、あまり実務《じつむ》に関わっていなかったのだろうか。

「つまり、残業が多過ぎて辞めたヤツに対しては、失業保険をすぐに出す……ってことか？」

「そうです。ただし、金井さんが特定受給資格者に当たるかどうかの最終判断は、ハローワークが行います。今ここで、百パーセント該当しますとは言えません」

「……それじゃ意味ないだろ」

話は平行線をたどる。

失業保険の受給が早まる可能性を伝えれば金井さんの怒りもおさまるのではと思ったが、状況はそう甘くなかった。

足を広げてベンチに腰掛ける金井さんは、両手を組んで背中を丸めた。無理矢理引き留められて話を聞いた割に、私の答えが期待外れでがっかりしたのかもしれない。

私は金井さんの丸まった背中に向かって言葉をかける。

「意味のない話だったとしたらごめんなさい……でも、私思うんですよ。会社と社員だったら、絶対的に会社の方が強いじゃないですか。だからこそ私のような人事部の人間が何かを判断する時は、少しでも個人の方に寄り添って考える方がいいんじゃないかって。会社が四、個人が六、みたいな」

「寄り添う？　ふざけるな。分かったような口聞いてんじゃねえよ」

「ふざけてなんかいません！　私はもっと金井さんのことを理解して、一緒に解決策を考えていきたいんです」

「ははっ！　人事はなんでも一方的に決めつけてきたくせに、今更社員の気持ちに寄り添う？」

「今からでも、ちゃんと話し合いませんか？」

「……一号のくせに何言ってるかさっぱりだな」

「三郷です……」

すっかりテンションが下がってしまった金井さんは、顔も上げずに大きくため息をついた。息を吐くのに合わせて、背中もますます丸く小さくなっていく。

（金井さん……）

私のような新人が小手先の知識を使って対応しようとしたって、やっぱり解決なんてできないのだ。いくら私が金井さんに寄り添ったとしても、ハローワークが寄り添ってくれなければ意味がない。

自分の未熟さに嫌気が差して、私は呆然と空を見た。

そろそろ日も落ちてきて、家路を急ぐ人々の歩みが忙しなく感じる。

もうどうにでもなれ。そう思った私は、金井さんの隣で項垂れた。

「……『自己都合退職』っていう言葉は、やっぱりちょっと破壊力が強すぎますよね」

金井さんは無言だ。

「金井さんもきっと色々不満があって、それでもそれを必死で飲み込んで。できるところまでやってやろう！　って自分を奮い立たせて働いていてたんですよね。この勤怠《きんたい》一覧表見ていたら分かります」

佐藤さんから受け取ったクリップ留めの書類は、過去六カ月間の金井さんの勤怠《きんたい》一覧表だ。定時は十七時半なのに、退勤時間の欄には二十三時や二十四時といった深夜の時刻がずらっと並んでいる。休日であるはずの土日も、休日出勤が続いていた。

ついさっきまではこの勤怠《きんたい》一覧表が問題解決の切り札だと思っていた。これを見て、「特定受給資格者」という言葉を思い出したのだ。

これで金井さんは溜飲《りゅういん》を下げてくれるかもしれないと思ったのに。

未熟な私には、金井さんの心を解きほぐすことはできなかった。

「……そうだよなあ」

丸まった背中の下から、金井さんのかすれた声が響く。

「こっちの話も聞かず、機械的に『自己都合退職です』なんて言われてもなあ」

「……ですよね。金井さんも色々努力した上で、それでもどうにもならないから退職を決めたのに。これじゃ全てが自分のワガママみたいに見えちゃいますよね」

「まあ、ワガママだと言われたら、実際そうなんだけどな……」

金井さんと私は、二人同時に空を仰いだ。

立川の空に、私たちのため息が溶けていく。

無言のまま時間だけが過ぎていった。

私たちがこのベンチに座ってから、一体何分経っただろう。

隣を見ると、金井さんは私の膝の上にある勤怠《きんたい》一覧表をじっと見ていた。

私が気付いてそれを手渡すと、金井さんは離職票と勤怠《きんたい》一覧表を重ねてベンチの空いたスペースでトントンと書類を揃える。

「……残業時間が長いからって、仕事を頑張ってることにはならないだろ」

そう言って金井さんは顔を歪める。

金井さんの声は、今まで聞いた中で一番落ち着いていた。

「金井さんは田向さんの仕事のフォローまで全部やってたから、長時間残業になっちゃったんじゃないんですか……？」

「まあ、それも無くはない。でも、長時間残業しながら成果を上げられない社員より、短時間で集中して生産性高く働く方がいいに決まってる。田向にはそれができた。俺はできなかった。結局それだけなんだろうな」

金井さんの目からは怒りが消えていた。

先ほどの無言の時間の間に気持ちがおさまったのだろうか。口元には寂しそうな笑みを浮かべている。

「さっき特定なんちゃらの件を話した時に分かっただろ。俺は元々人事労務課の課長だったけど、実務《じつむ》は何一つ理解してなかった。全部藤堂と米倉に任せてたからな」

「でもそれは、金井さんには別の仕事があったからでは……」

「予算の承認をもらうために経営会議に出たりもするし、社員の人事評価だってしないといけない。課長には課長なりの仕事があるよ。だからと言って、人事労務課の実《じつ》務《む》を何も分からないままで良いわけがない。でも俺は……それを学ぶことからずっと逃げてた」

「金井さん……」

春の繁忙期《はんぼうき》に向けて人事部全体が忙しくなって来た頃。

田向さんの前任の人事部長が突然、人事システムのリプレイスを決定したそうだ。

その結果、ただでさえ忙しくて人事部全体が残業しながら仕事をこなしていた時期に、システム会社との打ち合わせやデータ移行作業まで増えてしまうことになった。藤堂さんと米倉さんを初めとして人事の社員全員が倒れるのではないかというほどに、パツパツの状態となったらしい。

それまで実務《じつむ》にほとんど関わっていなかった金井さんも、人事労務課のあぶれた仕事を巻き取って奮闘していたのだが、システムのリプレイスが決定してからは更に業務が増えた。

しかし実務《じつむ》に明るくない金井さんは、とにかく何をどう処理したら良いのかさっぱり分からない。

結果的に金井さんは自分の手元で仕事を溜めてしまった。夜な夜な残業をしてマニュアルを読みながら、なんとか手探りで仕事をこなしたのだ。

藤堂さんや米倉さんに対して、「助けて欲しい」「教えて欲しい」と言えれば良かったのだろう。

しかし次期部長を目指していた金井さんは、自分の部下に教えを乞《こ》う姿を誰にも見せたくなかった。弱みを握られるようで、どうしても嫌だったそうだ。

そうして精神的にも肉体的にも限界が来た頃、金井さんの耳に飛び込んできたのは、田向さんが部長に昇格するという報せだった。

「そこで限界だったんだわ、俺は」

「そうだったんですね。そんなことが……知りませんでした。ただ、突然の退職だったと……」

「あ、これは藤堂とか米倉には言ってないから。あとさ、人事システムのリプレイスを延期しろって暴れたことも言ってない」

「え⁉　金井さん、別のところでも暴れてたんですか？」

聞けば金井さんは、田向さんの前任人事部長の目の前で、今日の昼のように机を蹴って暴れたそうだ。

『こんな状況で仕事が回るわけないだろう、今すぐシステムのリプレイスを中止しろ！』

そう言ってひとしきり人事部長に食いかかって、延期の承認を取ったあと、「暴れた責任を取って今日で辞めてやる」と言い残して会社を去った。

（金井さんって、とんでもなく損な性格をしているんじゃ……）

想像もしない真相を聞かされて、私の口は開いたまま塞がらない。

「こっちは次の仕事もなかなか決まらなくて焦ってんのに、あの米倉は口を開けば電話で暴言吐いてくるだろ。心底腹が立ってさ」

「まさか、それで離職票を早く出せと会社に押しかけたと……？」

「システムリプレイスも止めてやったし、俺なりに限界まで働いてやったんだよ。それなのに離職票すら出せないとか言いやがってあの米倉ァッ……！」

「うわぁっ！　金井さん落ち着いて下さい！」

急に怒ったり、急にしょんぼりしたり。

金井さんといると先が読めなくて本当に疲れる。退職前の金井さんのことは知らないが、きっと周囲も金井さんとの仕事はやりにくかったに違いない。

きちんと話してみれば悪い人ではないのは分かるけれど、それとこれとは話が違う。

思い返せば、今日も昼から色々と金井さんのせいで大変な目にあった。こんなに長く感じる一日は久しぶりだ。

十七時を知らせるチャイムが、立川の街に鳴り響く。

ハローワークの閉庁時間まで、残り十五分だ。

金井さんは離職票をカバンに詰め込むと、ベンチから立ち上がる。私も慌てて自分のカバンを手に取るが、金井さんが「もういいよ」と言って手をひらひらと振って制止する。

「一号は会社に戻れよ。さっき聞いた特定なんちゃらのことは、自分で窓口に聞いてみるから」

「……え？　いいんですか？」

「お前みたいな話の長いヤツ連れて行ったら、閉庁時間までに話が終わらないだろ。五分だけとか言っときながら、今何時だと思ってんだよ！」

金井さんは自分の腕時計を何度も指差して悪態《あくたい》をついた。そして舌打ちしながら私に背を向ける。

どんどん離れていく金井さんの背中を見ながら、私の口はなぜか金井さんを呼び止めた。

「金井さん！」

金井さんは黙って立ち止まり、迷惑そうな表情で私を振り返る。

よせばいいのに、私は懲りずに金井さんの元に駆け寄った。

「最後に一個だけ教えて下さい！　どうして許してくれたんですか？　さっきまでハローワークの窓口まで付いて来いって言ってたのに」

せっかく丸くおさまった話をわざわざ蒸し返すなんて、我ながら面倒なことに首を突っ込んでいると思う。

金井さんは少しだけ考えたあと、鼻の下をポリポリと掻いた。

「ああ……そうだな。フロムワンキャリアのヤツら全員が口を揃えて俺のことを自己都合退職野郎だと罵《ののし》ってくる中で、お前だけが俺のことに必死になってくれたような気がしたからかな」

「自己都合退職野郎って……！　誰もそんな風に罵《ののし》ってないと思いますけど」

「失業保険なんか、別にいつから開始だっていいんだよ。それよりも、離職票を早くくれって言っても対応しませんの一点張り。やっと離職票持ってきたと思ったら自己都合退職扱い。次から次へとバッサリ切られて、会社に嫌気が差したんだよ。あんな会社、辞めてせいせいしたわ。お前も早く退職しろよ」

ネガティブな台詞《せりふ》ばかりを口にしながらも、金井さんの表情はいつの間にかすっきりとして見える。

「じゃあな」

「……はい、お疲れさまでした。お先に失礼します」

私は金井さんに頭を下げて、もう一度背中を見送る。

金井さんの背中が見えなくなるまで待って、側にあるベンチに倒れ込むように座った。

（ああ……なんだかどっぷり疲れちゃった）

結局のところ、金井さんは自分の存在を誰かに認めて欲しかっただけなんじゃないだろうか。

昇格も叶わず、米倉さんにも冷たくあしらわれた金井さん。その上私が持ってきた「自己都合退職」と書かれた離職票は最後のとどめとして、想像以上に彼の心を抉ったんだろう。

誰か一人でもいいから、自分のために一生懸命になって欲しかった。

それはすごく子供じみた欲求かもしれない。

でも初めから誰かがそれに気付いて金井さんに寄り添っていれば、こんな事態にはならなかったはずだ。

（オフィスに帰ろう。みんな心配してるかもしれないし）

いつの間にか、空は少し薄暗くなっていた。

疲れて脱力する私の膝の上で、カバンの中の社用電話がブルブルと震えている。

慌てて電話を取り出すと、ちょうど着信が切れて不在着信の一覧が画面に表示された。

「うわっ！　不在着信十二件……！」

発信元は全て、株式会社フロムワンキャリア、人事部だ。

画面をどれだけスクロールしても、着信履歴に出て来るのは人事部、人事部、人事部！

きっと私にこれだけ何度も電話をかけて来たのは、あの人に違いない。

私はニヤつく口元を我慢できないまま、人事部の電話番号をタップした。

◆

品川のオフィスに到着したのは、十八時半を回った頃だった。

オフィスビル一階のセキュリティゲートを通るためにカバンの中の社員証をゴソゴソ探していると、エントランスホールで「三郷さん！」と大声で呼び止められた。

振り向くと、そこに居たのは藤堂さん。

どうやら、ここで私を待ってくれていたようだ。

「三郷さん！　大丈夫でしたか？　金井さんは!?」

「戻りが遅くなってすみません。金井さんの件は、先ほど電話でお伝えした通りです。離職票に書かれた離職理由に納得がいかなかったみたいで、立川でしばらく対応してました」

「そうですか……離職理由のことまで気が回らず、すみませんでした。退職届に金井さんが自筆でちゃんと『一身上の都合のため退職』と書いていたので、まさか離職理由で揉めるとは思わず……三郷さん、本当に申し訳ない」

藤堂さんは私の方に体を向けて真っすぐに立ち、そのまま深々と頭を下げる。

「ちょっ……藤堂さん！　とりあえず頭を上げて下さい。私は全然大丈夫ですから」

「いいえ、やっぱり僕が立川に行くべきでした。本当に申し訳ない」

一向に頭を上げようとしない藤堂さんを、無理矢理引っ張ってロビーの端の来客用ソファに連れて行く。私に頭を下げているところを別の社員に見られでもしたら、おかしな噂が立ちかねない。

(藤堂さんってやっぱり真面目だな。私に任された仕事なんだから、藤堂さんがこんなに気にすることないのに)

私たちはソファに並んで座った。藤堂さんは力なく項垂れたままだ。

「最後はなんとか金井さんにご理解を頂いて、自己都合退職の離職票を持ってハローワークに向かわれました。特定受給資格者の制度の件もお伝えしておきましたし、あとはもう金井さんとハローワークの間で色々調整してもらえればいいかなと」

「そうですか、毎朝の勉強の成果が早速出ましたね。素晴らしいです」

「いえ、実はそれだけではどうにもならなくて。なぜ金井さんが納得してくれたのかは、結局良く分かりません。頑張って働いていたのに誰からも認められなくて、寂しかっただけなのかも……」

藤堂さんは私の言葉を聞き、ハッとした顔をした。多分、思い当たる節があったんだろう。

しばらく考えたあと、納得したように小さく「うんうん」と頷いた。

「先ほど、金井さんのところには僕が行くべきだったと言いましたが、訂正します。

やっぱり今回は三郷さんにお任せして良かった」

「え？　それはとても嬉しいんですが……どうしてですか？」

「金井さんは寂しかったんじゃないかって、僕はそこまで考えが至りませんでした。急に退職して、引継ぎも何もなくて、デスクの引き出しの中にはやりかけの仕事が山積み。僕は仕事も手につかないほど金井さんに苛立っていたので、もし僕が立川に行ってたら金井さんと大ゲンカになっていたと思います」

「嘘でしょ……!?　藤堂さんも、イライラしたりすることがあるんですね」

「もちろんですよ。ただでさえ忙しかったところに、想定外の課長職まで降ってきたんですから。僕もただの人間なのでイライラしますし、そんな気持ちが限界を超えればケンカだってしてします」

「ひえぇ……そうなんですね」

　意外だった。

　いつも冷静で無表情、どんなトラブルにもスピーディに対応する藤堂さんが、あの金井さんに苛立って仕事が手につかないほどだったとは。

　でも、その気持ちも心の底からよく分かる。

　私だって今日一日金井さんと一緒にいて、体力も気力も全て彼に吸い取られたような気分だから。

私はもう二度と金井さんとは関わりたくないけれど、藤堂さんの意外な一面が見られたことは大収穫だった。そこだけは金井さんに感謝して、これでプラマイゼロとしよう。

「さ、席に戻りましょう。藤堂さん！」

ニヤニヤが止まらなくなった私は、藤堂さんに顔を見られないようにすっくと立ち上がった。

人事部のフロアに戻ると、残業中の社員がまだ何人も仕事をしていた。

「ただいま戻りました」と声をかけて自席に戻る途中、誰かと電話中の米倉さんとバッチリ目が合う。

「あっ！　戻ってきた。ちょっと保留《ほりゅう》にしますよ。ねえ、三郷さーん！」

米倉さんが立ち上がって、私に手招きをする。

何事だろうと駆け寄ると、米倉さんの口から飛び出したのはとんでもない内容だった。

「三郷さんご指名で、問い合わせの電話が入ってるよ」

「え？　私宛ですか？　誰でしょう」

「一号……って、三郷さんのことでしょ？」

「ひえっ！　ま、まさか……！」

私に問い合わせ電話をかけてきた主は、きっとあの金井さんだ。

長時間電話を保留《ほりゅう》にするとまた怒鳴られそうなので、私は渋々電話を代わる。

「……はい、お電話代わりました。三郷ですが……」

『おお、遅かったじゃないか！　あのー、あれだ。病院行く時の健康保険証。あれはどうしたらいいんだ？』

「ええっ⁉　それ別に、わざわざ私に聞かなくてもいいんじゃないですか？　米倉さんと話していたなら、米倉さんに質問してもらえば良かったのに……」

『何言ってるんだよ！　俺の対応を米倉ごときに任せる気か？　これからは毎回、お前をご指名で電話かけてやるから、せいぜい人事部の仕事を勉強しておけよ』

「そんなぁ……！」

私が立川に行って不在にしている間、なぜ誰も代わりに留守番電話の設定をしてくれなかったんだろう。

毎週私がフロアの時計がずれていないか確認しているのは、時間外にかかってくるこういう不要不急の電話をシャットアウトするためなんじゃないの？

金井さんのせいで今日の私は、体力も気力も底をついている。私だって、誰かに寄り添って労って欲しいよ。

受話器を持ったまま気を失いそうになっている私の隣で、米倉さんは、

「金井担当、爆誕《ばくたん》！」

とか言って大笑いしている。

（……もう！　分かったよ！　金井担当でもなんでも、やってやるんだから！）

私は残った力を振り絞ってデスクの引き出しを開け、健康保険について書かれたマニュアルを取り出した。

第四話　変わる、繋げる。それが人事だ！

十七時を知らせるチャイムが鳴ってからまだ一時間しか経っていないのに、人事部のフロアはもう閑散《かんさん》としていた。

三月四月の繁忙《はんぼう》期《き》を乗り越えてようやく一息ついた五月も、既に下旬に差し掛かる。

これまでの忙しさに対する反動なのか、定時を迎えた途端に退社準備をし、帰宅していく社員が多くなった。

私はというと、異動から二カ月以上が経って仕事にも慣れ、担当業務が付いた。

毎朝コツコツと続けているマニュアル読み込みの甲斐《かい》もあって、人事労務課の一員として着実に成長できていると思う。

仕事の方は、概ね順調だ。あくまで仕事の方は。

藤堂さんとの恋路の方は、まるで亀の歩みのように一向に進まない。

むしろ、最近になって暗雲《あんうん》すら漂い始めている。

そして私は今まさに、その暗雲《あんうん》に真正面から向き合おうとしているところだ。

（だって、給湯室《きゅうとうしつ》にこもって二人きりで話をしているなんて……怪しさ満載じゃないの！）

壁にピッタリと体を張り付けて、私は給湯室《きゅうとうしつ》の中にいる二人の様子をうかがった。
給湯室《きゅうとうしつ》内で喋っているのは我が愛しの藤堂さんと、育児時短勤務中であるはずの人事部長、田向さんだ。

物音を立てないように、私はそっと左手首の腕時計に目をやる。
ただいま、十八時ちょうど。

時短勤務の田向さんがこんな時間まで残っているのも珍しいし、席が近い二人がわざわざ給湯室《きゅうとうしつ》に移動して話をしているのも怪しい。正々堂々と自席で話せないなんて、きっとやましい話題に違いない。

そして、最近の二人の関係を邪推《じゃすい》しているのは私だけではない。
人事労務課の米倉さんも、最近この二人の動向に大注目している。

『人気のないリフレッシュルームで、二人が抱き合ってるのを見た人がいるらしいよ！』
『藤堂さんが両手で田向さんの頬を包み込むようにして立ってたんだって。キモいっ！』

仕事の合間合間にそんな余計な情報を私に吹き込んでくるものだから、私も気が気でなくなってしまった。

まるでどこかの浮気調査の探偵さんのように、こうして聞き耳を立てる羽目になっているのは、米倉さんのせいだ。

（田向さんはお子さんがいる既婚者。藤堂さんが既婚者と不倫《ふりん》するなんて、絶対にあり得ないもん……）

よりにもよってあの真面目で地味で誠実な藤堂さんが、あえて既婚者である上司と不倫《ふりん》関係なんかになるだろうか。

自分の感情を優先して周りが見えなくなるような人ではないはずだ。

給湯室《きゅうとうしつ》の中に向かって耳をそばだててみるが、二人の会話は部分的にしか聞き取れない。

「……迷惑を……どうしたら……」

「…………諦め……ら…………駄目です」

『不倫《ふりん》関係にあることがバレたら、みんなに迷惑をかけてしまう。どうしたらいいの？』

『でも僕は田向さんへの気持ちを諦められません！　別れるなんて駄目です！』

途切れ途切れの会話を勝手な妄想《もうそう》で補填《ほてん》しながら、私は一人でショックを受けた。

採用教育課と人事労務課の対立が、まるで昼ドラみたい！　なんて騒いでいた頃が懐かしい。

どう考えたって、こっちの方が本物の昼ドラだ。一歩間違えば、オフィスでの不倫《ふりん》スキャンダルになるのだから。

(悔しいけど、田向さんと私じゃレベルが違うよ)

もしも藤堂さんが田向さんのような大人の年上女性を好むなら、私がこれまで全く相手にされなかったのも頷ける。

三十代後半の田向さんと二十代後半の藤堂さんでは十歳近くも年が離れている。弱冠二十五歳の私は、勝ち目ゼロのお子様だ。

二人の会話を盗み聞きするのを諦めた私は、とぼとぼと自席に戻る。ちょうど私と入れ替わりに、帰る準備を終えた米倉さんがフロアを出て行った。

「最近、みんな帰るの早いな……」

「定時決定《ていじけってい》に備えているのかもしれませんよ」

ポツリと呟いた私の背後から話しかけてきたのは、つい先ほどまで給湯室《きゅうとうしつ》にいた藤堂さんだった。

「とっ、藤堂さ……ん！」

すぐ後ろに人がいると思っていなかった私は、驚いてその場で飛び上がる。

「そういえば今回三郷さんは初めての定時決定でしたね。システムの操作手順を復習しておいて下さい。定時決定の実行ボタンを押すタイミングを誤ると、給与計算結果のミスにつながりますから」

そう言うと藤堂さんはさっさと課長席に戻っていく。

私が藤堂さんたちの話を盗み聞きしていたことには気付いていないようだ。当たり障りのない会話で終わったことに安心した私は、ホッと胸を撫でおろす。

藤堂さんは席に戻ると、スリープ状態になっていたパソコンに目にも止まらぬ速さでパスワードを打ち込み、無表情のままエンターキーを「ターン！」と押した。

私は、藤堂さんがエンターキーを押す瞬間が好きだ。

藤堂さんのエンターキーは、頭の中にある色んな知識や情報をカタカタとパソコンに打ち込み、「これでどうだ！」と言わんばかりの渾身《こんしん》の一撃。

クイズ番組で言うと「ファイナルアンサー！」と叫ぶ瞬間そのもの。全藤堂に流れる知性を総動員して、これでもかというくらいにうんちくを吐き出したあとの、美しきフィニッシュ。

心を決めてキーボードを叩く右手の中指が、流れるように右から左へ。

それはまるでスローモーションの映画のように、私の瞳に映り込ん……

「三郷さん！」

「はいぃぃっ‼　すみません！」

藤堂さんの中指に見惚れてぼーっとしていると、藤堂さんが突然私の名前を呼んだ。

「三郷さん、ちょっと最近ぼんやりしてますけど大丈夫ですか？　疲れているなら早めに帰って休んで下さい。今月は幸い給与関係の問い合わせも少ないですし」

「全然疲れてないんです、すみません！　今日は同期と飲みに行く約束をしているので、集中して定時決定のマニュアルだけ読み込んだら早めに帰ります」

（いけないいけないけない。仕事とプライベートはちゃんと切り離さないと）

藤堂さんと田向さんのことは気になるが、そのせいで仕事が疎かになるのは許されない。早く気持ちを切り替えよう。

私は急いでデスクの引き出しからマニュアルを取り出す。するとその時ちょうど、私の真後ろを田向さんが通り過ぎて行った。

わざわざ藤堂さんと時間差をつけてフロアに戻ってくるなんて、ますます怪しい。

私は邪念《じゃねん》を打ち払うように、必死でマニュアルのページを繰った。

「定時決定か……」

小難しい用語で長々と説明が書かれているマニュアルを、ブツブツと音読しながら頭に入れる。

定時決定とは、年一回行われる社会保険料の見直しのことだ。

給与から天引《てんび》きされる社会保険料——健康保険料や厚生年金保険料、加えて四十歳以上の人については介護保険料——は、その人の給与額に応じて設定されるのだが、所得税や雇用保険料のように毎月変動するものではない。

　定時決定で社会保険料の算定《さんてい》の元となる報酬額を計算し、その報酬額を元に向こう一年間の社会保険料が固定で決められるという仕組みだ。

（なるほど。定時決定のために、みんな残業を抑えているんだ。残業が増えて時間外手当の金額が多くなれば、その分一年間ずっと高い保険料を払い続けることになるってことね）

　しかもその報酬は、四月から六月の給与を元に算出されることになっている。

「だからみんな残業をできるだけ減らして、給与額を減らそうとしているんですね？」

「そういうことです。四月から六月の給与を低く抑えて、次の九月からの一年間の社会保険料が安くなることを狙っているんですね。皆さん器用です。本心を言うと、頑張って早く帰れるのなら、一年中そうして欲しいのですが」

　蛍光灯が反射した眼鏡を直しながら、藤堂さんはチクリと嫌味を言った。

「四月から六月の給与……ということは、もしかして来月もみんなこんなに早く帰るんでしょうか」

「三郷さん。四月から六月に受け取った給与額を元に算出するので、実質三月から五月の残業時間が影響するんですよ。ほら、うちは末締《まつじ》め翌月二十五日払いですから」

「なるほど。今月残業した分の手当が六月に振り込まれるからですね」

マニュアルに書かれた定時決定についての説明を目で追ってみる。

人事に異動して三カ月近く経った私はなんとか理解できるものの、この定時決定の仕組みを他部署社員に理解してもらえるように説明するのは、なかなか難しいのではないだろうか。

（みんな人事労務課は地味だなんて言うけど、これだけの法律を理解してミスなく運用していくのは、並大抵の努力じゃできないんだよなあ……）

一通りマニュアルを読み終わり、引き出しにしまう。

するとちょうど、デスクの端に置いてあった携帯電話に通知が届くのが見えた。

菜々からのメッセージだ。

『そろそろ出れそう！　芙美は？』

私も短く『了解！　営業部フロア行くね』とメッセージを返す。勤怠《きんたい》システムで退勤打刻をし、パソコンの電源を落とした。

「お先です。お疲れさまでした！」

まだ絶賛お仕事中の藤堂さんと、人事労務課の島にいる社員の日野《ひの》さんに声をかける。

日野さんは私の二つ上の先輩で、主に社会保険の手続きを担当している。給与や労務周りを担当している米倉さんと共に、人事労務課のリーダー的な役割の人だ。

最近米倉さんがあっという間に退勤してしまうので、若干日野さんにしわ寄せが行っているような気がしないでもない。

「あれ？　三郷さん珍しく早いね」

「そうなんですよ。実は久しぶりに前の部署の同期と飲みに行くことになってて」

「あ、営業一部一課の子？　もしかしてこれから営業部のフロアに寄ったりする？」

「はい。そのつもりですけど、何か用事ありますか？」

日野さんは手元にあった書類の山をゴソゴソと崩しながら、「あ、これこれ」と言いながら立ち上がる。

「ごめん、第一営業部営業一課の有本くんに渡してくれないかな？」

日野さんの手には、フロムワンキャリアのロゴ入りの小さな封筒《ふうとう》。受け取って中を覗くと、入っていたのは健康保険証だった。

「保険証ですか」

「そう！　実は有本くんの『有』の字って旧字体《きゅうじたい》なんだって。それで保険証の名前を修正して再発行依頼していたんだけど、ちょうど今日健保から届いたんだよね」

「ああ、そうなんですね。『有』の字の旧字体《きゅうじたい》なんて初めて見ました。有本くんに渡しておきます」

「うん、ありがとう！」

日野さんの机の上の書類の山を目にしてしまったら、日野さんからの依頼を断れるわけがない。

(ごめんなさい、今日は飲み会だけど、来週からはもっと手伝います！)

心の中で日野さんに謝りながら、私は自分のカバンを肩に掛けた。

「あ、それと三郷さん！　例のあの人の健康保険証って返却された？」

「あの人……って、誰のことですか？」

「ほら、あの人だよ。三郷さんの大親友！」

(私の大親友から、保険証返却？)

日野さんの言いたいことがすぐに理解できず首を傾げる私を見て、藤堂さんの目が眼鏡の奥からキランと光った。

「三郷さん。日野さんが言いたいのは、金井さんのことですよ。退職日から一ヶ月経ちますけど、まだうちの健康保険証を返却してもらってないようです」

「え!?　金井さん、まだ保険証返してくれていないんですか？」

金井さんに離職票を届けに立川まで行ったあの日、オフィスに戻った私にわざわざ電話で、健康保険証をどうしたらいいのかと質問してきたのは金井さんの方だ。

それなのに、未だに返却してくれていないとは……！

人事労務課の人たちは金井さんに連絡を取るのを嫌がるので、いつも通称『金井担当』の私が対応することになる。

またあの強烈キャラの金井さんと喋って生気《せいき》を吸われないといけないのかとうんざりしながら、私は日野さんに向かって頷いた。

「……今日はパソコン落としちゃったんで、週明けに金井さんにメールか電話入れておきますね」

「ありがとね！　さすが金井担当！　もういっそのこと三郷さん、金井さんと付き合っちゃえば？」

「はあっ⁉　絶対に嫌ですよ！」

ふざけて大笑いする日野さんの横で、藤堂さんは何食わぬ顔でキーボードをカタカタとやっている。

田向さんとは給湯室《きゅうとうしつ》であんなに密着して仲良く喋るくせに、私の色恋沙汰《いろこいざた》には表情筋のひとつすら動かしてくれない。

（うう、なんか思ったよりもショックが大きいかも）

給湯室《きゅうとうしつ》での、藤堂さんと田向さんの会話がふと頭をよぎる。

田向さんと比べたら私なんて全くのお子ちゃまで、仕事だって半人前。私が金井さんと仲良くしようがしまいが、藤堂さんにとっては興味の範疇《はんちゅう》にすら入らない。

「私はもっと、真面目で誠実な人が好きなので！　金井さんはお断りです。とりあえず帰りますね。お疲れさまでした！」

なんだか悔しくて悲しくて、私は藤堂さんにもハッキリと聞こえるように大声で挨拶をする。

有本くんの保険証が入った封筒《ふうとう》を手に取ると、これ以上何かを言われないうちにと、急いでフロアを出た。

◆

「はい、有本くんのお名前を旧字体《きゅうじたい》に直した保険証です」

営業一課の有本くんに、日野さんから預かった保険証の入った封筒《ふうとう》を手渡した。

営業部フロアは、人事と違ってまだまだ残業している社員が多い。もうすぐ月末だから、みんな月間目標達成を目指して最後の追い込みをかけているのだろう。

クライアントと電話をしながらヘコヘコとお辞儀をしている渡辺さんが目に入り、なんとなく数ヶ月前が懐かしくなった。

「三郷さん、わざわざ保険証を持ってきていただいちゃってすみません」

「えっ、全然だよ！　むしろこっちの方がちゃんと初めに字体まで正確に確認できていなくてごめんね」

「いや、実は保険証の記載くらい別に直さなくてもいいかなと思ったんですけど、父の扶養《ふよう》を抜けるために保険証のコピーの提出が必要らしくて。お手間をおかけしました」

「そっかあ。扶養《ふよう》を抜けるなんて、きっと有本くんのお父さんも感慨深いだろうね。子育ての一区切りって感じで」

「そうみたいです。初任給《しょにんきゅう》でネクタイプレゼントした時も号泣してましたし」

そう言って有本くんは照れくさそうに笑った。

（初任給《しょにんきゅう》で親にプレゼントか。懐かしいな）

そう言えば私も三年前、岡山の家族に初任給《しょにんきゅう》でプレゼントを買って贈った記憶がある。

初任給《しょにんきゅう》は、新入社員のみんなが社会人として一歩踏み出したことの証《あかし》だ。

そして、そんな人生の節目となる初任給《しょにんきゅう》を支えているのは、何を隠そう人事部給与計算担当なのである！

有本くんの笑顔を見ていると、私の仕事で社員を笑顔にできていることを改めて感じられて感慨深い。

しばらく有本くんと二人で他愛もない話をしている間に、クライアントとの電話を終えた渡辺さんが「お疲れ様です」と小さく呟いてフロアを出て行った。

（あれ？　渡辺さん、どうしたんだろう）

いつもの渡辺さんなら、絶対に誰かを飲みに誘うだろうと思っていた。なんて言ったって今日は金曜日、お休み前の貴重な一日だ。

誰にも声をかけずに足早に帰っていく姿は珍しい。

渡辺さんが出て行ったあとの扉をぼーっと眺めていると、帰る準備を終えた菜々が私の背中をポンと叩いた。

「お待たせ、芙美！　行こっか！」

「菜々、お疲れ様。ねえ、さっき渡辺さんが急いで帰って行ったけど、どうかしたのかな」

「最近いつもそうなんだよね。なんかアレじゃない？　今残業とかしちゃったら、保険料が高くなるんだっけ？」

「いや、営業職は三十時間分の固定残業代が付くから、あまりそこは関係ないと思うんだけどな……」

うちの営業職は管理部門の社員と異なり、固定残業制度を適用している。たとえ毎日定時で帰ったとしても、月三十時間分の時間外手当は自動的に毎月支給される。

もちろん実際の残業が月三十時間を超えた場合は追加で手当が支払われることになるのだが、残業が三十時間を超える営業職社員は全社で見てもほとんどいない。

つまり、渡辺さんがあえて残業時間を減らしているとしたら、何か別の理由があるということになる。

「ねえ、芙美。それってどういうこと？　てっきり渡辺さんは保険料のこと気にしてるんだと思ってたけど、違うならめっちゃ怪しいじゃん」

「怪しいって、何がよ。体調不良とかじゃなければいいんだけどね。なんだか元気なさそうに見えたたし」

「……もしかして渡辺さん、彼女ができたとか⁉」

菜々は両頬に手を当てて、悲痛な声を上げた。

人事部フロアでこんな声を出そうものなら、みんなからジロジロと睨まれてしまうだろう。でもここ営業部では、クライアントとの電話の話し声に紛れて誰も菜々を気にしちゃいない。

「芙美。渡辺さんって、さっき出て行ったばっかりだよね？」

「うん、ほんの数分前だったけど」

「……尾行しよ」

「尾行⁉」

「渡辺さんちって目黒《めぐろ》でしょ？　もしも尾行途中に見つかっちゃったら、今から私の家で宅飲みするってことで誤魔化して！　うちは不動前《ふどうまえ》だから、私たちが目黒にい

けがない。
都会東京。ひっきりなしにホームに到着する山手線《やまのてせん》に乗る渡辺さんに、追いつけるわ
渡辺さんが出て行ってから五分以上は経っている。たった五分とはいえ、ここは大
嫌がる私を後目に、菜々は早く早くと急かしてくる。
「嘘でしょ？　尾行なんて嫌だよ！」
たって不自然じゃないし」

（まあ、いっか……品川駅で渡辺さんに会えなかったら、菜々も尾行なんて諦めるでしょ）

きっと菜々は、よほど渡辺さんのことが好きなのだ。

自分の恋が上手くいっていないのだから、せめて親友の恋くらい応援してあげようか。

菜々に手を引かれるがまま、私は渋々渡辺さんを追うことにした。

◆

恋する乙女《おとめ》のリサーチ力を甘く見てはいけない。

渡辺さんは毎日必ず品川駅構内のコンビニに寄ってから電車に乗る、という菜々の

事前情報の通り、私たちはそのコンビニで渡辺さんに追いついてしまった。

山手線ホームの階段を降りる渡辺さんに気付かれないよう、私たちは人波に紛れて渡辺さんと少し距離を取る。

（ああ、一体私は何をやってるんだか）

真剣な顔をして渡辺さんを追う菜々には申し訳ないのだが、こっちは今すぐにでも回れ右をして大船の自宅に帰りたい気分だ。

今日が金曜日じゃなかったら終電を理由に尾行を断れたのだが、幸か不幸か明日は休日。このままだと、不動前の菜々のワンルームマンションにお泊りコースになってしまう。

「ほら、芙美。渡辺さん山手線乗ったよ。隣の車両に乗ろう！」

「菜々、今からでも尾行なんてやめない？　個人情報的にどうなんだろうって思うんだけど……」

「だって、もし渡辺さんに彼女がいたらどうするの？　まだ私、告白すらしてないのに」

菜々は今にも泣きそうな顔で、私の腕を引く。なんだかんだ言って、私は菜々の泣き落としに弱い。

藤堂さんと田向さんの不倫《ふりん》疑惑のせいで傷ついた心も、私の冷静な判断の邪魔をした。

結局私たちは山手線に乗り、目黒方面に向かう渡辺さんを隣の車両から観察する羽目になった。

品川から目黒まではたった三駅の距離だ。

大崎《おおさき》を過ぎ、私たちの乗った電車は五反田のホームに滑り込む。

すると、目黒まで行くはずの渡辺さんが突然電車を降りた。渡辺さんを見失わないよう、私たちも慌てて五反田《ごたんだ》駅のホームに降りる。

「五反田って……ねえ、菜々。渡辺さんって目黒住みじゃなかったの？」

「やっぱり怪しい。今日金曜日だし、五反田で彼女と待ち合わせて飲みにでも行くのかな」

「飲みに行くなら、別に目黒でも良くない？　それか、その彼女さんとやらが五反田で働いてるのかな」

「……やっぱり芙美もそう思う？　これ、彼女いるで間違いないよね」

涙目の菜々を連れて、五反田の街を歩く。

渡辺さんは誰かと待ち合わせをしている様子はなく、迷いなく一人でどんどん歩いて行く。まるで目的地がはっきり決まっているような歩き方だ。

大通り沿いをしばらく歩くと、居酒屋《いざかや》などのお店はほとんどないオフィス街に入った。ますます渡辺さんが五反田に来た目的が分からない。

駅から十分ほど歩いたあたりで、渡辺さんに動きがあった。

大通りから斜めに延びた細い道の方に、突然スッと曲がったのだ。

私たちも小走りで、渡辺さんが曲がった角まで駆け寄る。その道の角にあった看板を見上げると、『品川中央総合病院』とあった。

「病院……？」

「こっちにはお店とかもなさそうだし、渡辺さんが向かってるの、この病院だよね？」

営業部フロアで見かけた、元気のない様子の渡辺さんの姿が頭を過る。

今思い出して見ると、渡辺さんは少し痩せたように見えたし、顔色も悪かった気もする。

何よりも渡辺さんがこんな早い時間に帰るのに、誰かを飲みに誘っていないわけがない。

明らかにいつもの渡辺さんとは様子が違った。

（やっぱり渡辺さん、何か深刻な病気とかなの？）

菜々は品川中央総合病院の看板の支柱にしがみついて、渡辺さんの背中をじっと見ている。

菜々が渡辺さんを心配する気持ちは、心の底からよく分かる。私にとっても渡辺さんは、入社してからずっとお世話になってきた大事な先輩だ。

(でも、さすがにこれ以上踏み込んでは駄目だ)

「菜々、帰ろう。ここまでにしておこう」

「……渡辺さん、何か病気なのかな？」

「うん、私も一瞬そう思ったけど。でもこんな時間に外来《がいらい》やってるはずがないし、ご家族が入院されているとかかもしれないじゃん」

「渡辺さんって九州男児だもん。ご家族はみんな福岡だよ」

諦めの悪い菜々を看板の支柱から無理矢理に引き剥がす。

そしてそのまま五反田駅の方向に手を引っ張って歩いた。

これ以上渡辺さんの私生活に立ち入るのは、いくら会社の同僚《どうりょう》だからと言って許されることではない。それが誰かの病気や怪我に関わっているなら尚更だ。

(もっと早く止めるべきだったのに、私の馬鹿……)

ようやく尾行を諦めた菜々は私の後ろ、少し離れたところから俯き加減でついて来る。

時計を見ると、今からでも十分大船まで帰れる時間だ。でも、こんな状態の菜々を置いて帰れるほど、私は薄情にはなれない。

私たちは五反田駅に戻って山手線に乗り、そのまま二人で不動前の菜々のマンションに向かった。

◆

週末は菜々のマンションで、ゲームをしたりお酒を飲んだりしてダラダラと過ごした。

私も菜々も渡辺さんの名前を口に出すことはなかった。菜々は失恋のショックを思い出したくなかったのだろうし、私は私で菜々を刺激しないように努めて明るい話題ばかり選んでいた。

しかし口に出さなくても、渡辺さんのことも、田向さんと藤堂さんのことも、私の心にこびりついて離れない。

浮かない気持ちのまま出社した週明け。

そんな私に思わぬ仕事が降ってくることとなった。

私と米倉さんは出社早々、田向さんから会議室に呼び出された。そこで私たちに新しく任せたいと告げられたのは、あの曰くつきのプロジェクト――人事システムのリプレイス対応だった。

田向さんの前任の人事部長が独断で決めてきたというこの仕事は、公にはなっていないものの、その当時人事労務課の課長だった金井さんが部長の前で暴れたおかげで延期となっていた。

その後、人事部長が田向さんに交代したことで、すっかりこの話自体が消滅したものだと思っていたのだが……世の中はそんなに甘くなかったようだ。

しかも今回のプロジェクトはよりにもよって、私と米倉さんとのペアで担当することになるようだ。田向さんから正式にプロジェクトのアサインを受けた米倉さんは、自席に戻ってからも案の定カンカンに怒っている。

採用教育課の島の方からも「米倉さん、怖っ」というヒソヒソ声が漏れてきているのに、米倉さんはそれに気付きもせずお冠《かんむり》だ。

「システムなんて今のまま使えばいいじゃん。なんでわざわざ変える必要があるの？ うちの部、裏でどこかの会社と癒着《ゆちゃく》してるんじゃない？」

「……癒着《ゆちゃく》」

「本当にうちの上層部ってどうかしてる。こんなに人が足りなくて忙しいのに、メンバーに対して納得いく説明がないのがそもそもおかしいのよ」

米倉さんの怒りは留まることを知らず、なんとその勢いのままランチにまで連れ出されてしまった。

せっかくの私の貴重な休憩時間が、米倉さんの愚痴《ぐち》を聞くために溶けていくなんて。

一難去ってまた一難。先週あたりから、何一つ上手くいっていない気がする。

せめて美味しいものでも食べてプラマイゼロにしよう。私は米倉さんと一緒に入った店で、千五百円近くもするデザート付きのパスタランチを頼んだ。

「……三郷さん、意外と食べるね」

「いや、これから結構カロリー使うかなと思って」

米倉さんの愚痴《ぐち》を聞くために、エネルギー補給しないと体がもたないんです！　とは口が裂けても言えない。

運ばれてきた前菜のサラダにフォークを思い切り突き刺しながら、米倉さんは鼻息荒く愚痴《ぐち》を語り始める。

「今の人事部って本当に最低。休んでばかりでほとんど働かない部長と、若くて経験不足のくせに男だからっていう理由で昇進しちゃった課長でしょ？　人事部のくせに人事評価の基準どうなってんの」

「え？　私、あまりうちの会社で男女差って感じたことなかったです。他の会社と比べたら女性管理職割合も高い方だし」

「それは、三郷さんが営業部出身だからそう思ってるだけだよ。若い時にどんどん出世できる営業部では、女性管理職も多くなる。でも人事部を見てよ！　藤堂なんて一体社会人何年目？　まだ二十代でしょ。はぁ……男って得だよね」

ご本人が目の前にいる時は「藤堂さん」とさん付けで呼ぶのに、こうして陰では「藤堂」と呼び捨てしているんだ、米倉さんは。

心なしか米倉さんからは、あの金井さんと同じ匂いが漂ってくる。

自分よりも年下の藤堂さんが先に課長に昇進したことに、きっと米倉さんは納得していないのだろう。年次だけで言えば、米倉さんの方が何年も先輩にあたる。

(昇進か……まだまだ覚えることが山積みのド新人の私には、あまり縁のない話だけど)

私も数年後には、昇進を目指して血眼で仕事を頑張っていたりするんだろうか。

そもそも、昇進するかしないかだけを目標に働くのは楽しいんだろうか。

「三郷さん、私の話聞いてる⁉」

「聞いてますよ！　いやぁ本当に、働くって大変だなぁ」

こってりとしたクリームパスタをフォークで巻きながら、私は米倉さんの愚痴《ぐち》に合わせて適当にうんうんと頷いてみせる。

米倉さんもイライラしているかもしれないが、私だって今は色々と心に余裕がない。申し訳ないけれど、積極的に他人の愚痴《ぐち》を聞いてあげる気持ちにはなれないのだ。

しかしそんな私の適当な態度にはお構いなく、米倉さんの愚痴《ぐち》はヒートアップしていく。

「田向さんは……あ、田向さんは私の同期なんだけど。彼女はきっと、そろそろボロが出るよ。あの人ほとんど仕事してないから、システム変えるのにどれだけ労力かかるか分かってないんだよ」

「うーん、実を言うと私も全く分かってないんですけどね。営業は本当にシステムとか使わないので。クライアントのマスタ登録と、契約取ってきた時の受注入力くらいです。しかもその作業もアシさんがやってくれるし」

「え？　三郷さんってそんな感じなの？　ヤバっ！　新しい業務委託先《ぎょうむいたくさき》から質問表きてるから、あとで渡すわ。システム関係の仕事に慣れるために、一旦自力でやってみなよ」

米倉さんはそう言って、食後のコーヒーを優雅《ゆうが》に口にした。しれっと人に仕事を押し付けるのが得意な人だ。

◆

米倉さんから渡された新しい業務委託先からの質問表は、私にとってはまるで古文《こもん》書《じょ》を読み解くのと同じレベルで意味不明だった。

パソコンのディスプレイにかじり付き、細かく書かれた質問内容を声に出して読んでみる。しかし、声に出したところで内容は全く頭に入ってこない。

「給与計算結果一覧表のサンプルデータを頂けますでしょうか、だって……給与計算結果一覧表って何？」

「三郷さん。給与計算結果一覧表、共有フォルダにCSV《シーエスブイ》で月別に保管してあるけど」

「共有フォルダですね。それをメール添付で渡せばいいのか。CSVってなんだろう」

「えっ!?　まさかCSVも分かんないの？　テキストファイルの種類のことなんだけど……まさか、そこから教えないとダメ？」

米倉さんは椅子の背もたれに思い切り体を預けて大きなため息をついた。

私は米倉さんに顔を見られないように背中を丸めてパソコンのモニターの影に隠れる。こんなに難しいお仕事を丸投げされた上、逐一嫌味を言い続けられたらこっちだって嫌になる。

米倉さんとは極力目を合わせないようにして、給与関係のファイルを保存してある共有フォルダから、直近の「202205」と名前の付けられたフォルダを開いてみた。

（あ、これかな。給与計算結果一覧表202205.csv……）

それらしき名前のファイルをダブルクリックしてみる。するとエクセルのファイルが立ち上がり、全社員約五百名分の氏名や基本給などのデータがずらっと表示された。

「……よし。これをメールに添付して、送ると。次は？」

質問表にある二つ目の質問。端数処理《はすうしょり》はいつのタイミングでどう計算するのか。

三つ目、固定残業制適用の社員とそうでない人を見分けるフラグは。

四つ目、勤怠《きんたい》データをエラーではじく場合のパターン表のサンプルをお渡ししますのでチェックして下さい、追加でチェックするエラーパターンがありましたら追記をお願いいたし……

「うわあぁっ‼　もう無理！　分かんない！」

頭を抱えて唸る私の後ろで、クスクスと笑い声が聞こえる。

振り向くと、口元を押さえて笑っていたのは田向さんだった。

「田向さん！　すみません、いっぱいいっぱいになっちゃってつい……」

「ああ、いいのいいの。三郷さん、今ちょっとだけ時間ある？　名刺《めいし》持ってエントランスロビーに付いて来てくれないかな」

「エントランスにですか？　あ、はい。分かりました」

名刺《めいし》を持って来い、ということは、人事部あてに来客でもあったのだろうか。

新しい業務委託先担当者との顔合わせかもしれないと思ったが、それなら米倉さんも呼ばれるはずだ。かと言って、他に挨拶すべき相手も思い当たらない。

私はカバンから名刺入《めいしい》れを取り出すと、中身を確認してエレベーターホールに急いだ。

「ごめんね、急に」

私がエレベーターホールに出ると、田向さんは下の階行きのボタンを押す。

低くてか細い声と、青白い顔。どことなく元気がなさそうに見える。

(藤堂さんと上手くいってないのかな？　もしくは、藤堂さんとの不倫《ふりん》関係がご主人にバレたとか……)

エレベーターに乗ってからも、私の昼ドラ的妄想《もうそう》は止まらない。

髪を耳にかけるために、田向さんが左手を上げた。左手の薬指を見ると、そこにはしっかりと結婚指輪がはめられている。

「お待たせ致しました！　わざわざ弊社《へいしゃ》までお越しいただき申し訳ありません」

カツカツと靴音を鳴らしながら田向さんが向かった先には、スーツを着た初老《しょろう》の男性と、三十代くらいの女性が立っていた。

どなただろう。二人とも見たことのない顔だ。

私も田向さんの後ろから、二人に対して小さく礼をした。

初老《しょろう》の男性はにこやかな顔で田向さんに手を振った。

「田向さん、どうもどうも！　こちらこそ急にすみませんね。すぐそこのお取引先とアポイントがあったものですから、ついでに寄らせてもらいました」

「いえいえ、本来ならばこちらから伺うべきところ申し訳ございません。今日は、今回の案件を担当します、こちらの三郷も同席させていただきます」

田向さんは振り返り、私に名刺《めいし》を準備するよう目配せをする。

「三郷さん。こちらは、今うちの労務業務を引き受けて下さっている社労士《しゃろうし》事務所の大原《おおはら》先生です。横にいらっしゃるのが、事務担当の久保《くぼ》様」

「人事部人事労務課の三郷と申します。よろしくお願いいたします」

私が名刺《めいし》を差し出すと、初老《しょろう》の男性も「どうもどうも」と言って名刺《めいし》をくれた。

大原社会保険労務士事務所代表、大原誠二《せいじ》。

なるほど。新しい委託先ではなく、今の委託先の方だ。

(それなら米倉さんが呼ばれないのも当然か)

米倉さんは既に何年も業務委託先の窓口を担当している。社労士《しゃろうし》の先生や日々の事務作業に関わる連絡などで、こちらの二人とはこれまでも頻繁《ひんぱん》にやり取りをしているから、とっくに面識があるはずだ。

私たちは小さなローテーブルを挟んで、向かい合って来客用ソファに座った。

大原事務所のお二人が座るのを待って最後に腰かけた田向さんは、座るやいなや深々と頭を下げた。

「大原先生、改めて今回の件は申し訳ございませんでした！　無理を申しましたが、九月末まで契約期間を延長していただき本当に助かりました」

テーブルに額をぶつけないかと心配になりつつ、状況が飲み込めない私もとりあえず田向さんに合わせて頭を下げる。

「いえいえ。ですが、お電話でもお伝えした通り、十月以降の更新は致しかねます。現契約の九月末をもって契約終了という形でよろしいでしょうか。うちの久保も、もうそろそろ限界かなと思っています」

「はい、もちろんです。弊社《へいしゃ》の米倉が大変失礼なことをしてしまい、大原様にも久保様にも多大なご迷惑をおかけしました。急遽こちらの三郷を担当に加えましたので、今後は三郷が窓口として対応させていただきます」

田向さんの言葉を聞いて、私の頭の中にクエスチョン・マークが並ぶ。

米倉さんが失礼なことを？　私が業務委託窓口に？

一通りの話が終わって大原先生たちのお見送りを終えると、田向さんは私の方に向かって苦々しい顔で微笑んだ。

先ほど座っていたソファに戻り、やっとのことで事の顛末を聞く。

「……実は、前々から大原事務所様からの苦情を受けていてね」

話し始めた田向さんの眉間《みけん》に、深い皺が寄る。

「苦情って……もしかして米倉さんが先方に失礼なことをした、とかですか？」

「そうなの。元はと言えば米倉さんが間違ったデータを渡したことが発端なのに、ミスを全てあちらの久保様のせいにしたそうなの。その上時間外や休日にリカバリー対応を強要していたらしくて。さすがにそれが久保様から大原先生の耳にも入ったのよね」

「それで、先方から委託契約を終了したいと言われたんですね」

田向さんは頷いた。

「一度だけのことなら先方も目をつぶって下さっただろうけど、米倉さんが担当になってからの数年間、ずっとそんな感じだったみたい」

「そうですか……米倉さんも、誤解されやすいタイプですもんね」

自分のミスを他人のせいにする癖は知っていたが、社内だけでなく社外の人にまでミスをなすりつけていたなんて。それはさすがに先方も困惑するだろう。

今日は大原先生の方から田向さんに連絡があり、突然「今から訪問する」と言われたそうだ。急な訪問だったので、私に事前の説明をしないまま挨拶に連れて行って申し訳ない、と田向さんは私にも頭を下げた。

これで色々と話がつながった。

つまり今回の人事システムのリプレイスは、大原事務所との委託契約終了に伴う措置だった、というのが真相のようだ。

今使っている人事システムは、大原事務所で使用しているシステムの権限をこちらで利用させてもらっているだけなので、委託契約終了と共に使えなくなってしまう。新しい委託先と契約するにあたり、システムのリプレイスは必須事項なのだ。

金井さんが暴れて一旦その話が流れたので、田向さんと藤堂さんで大原事務所に謝罪をし、なんとか今年の九月末までは顧問《こもん》契約を延長してもらえたらしい。

先方は米倉さんの担当変更を望んだが、こちらも繁忙期《はんぼうき》でそれどころではなかった。日々募っていく大原事務所の不満を、人事部長の田向さんが一手に引き受けて裏で対応してくれていたそうだ。

「……それって、米倉さんには伝えないんですか？」

「そうね、本来ならば伝えてきちんと指導すべきだと思う。でも今はちょっと状況が悪くて。それで三郷さんに協力して欲しいなって思ったの」

「私にできることは勿論やりますけど、米倉さんに注意できない状況って……どういうことなんでしょうか」

田向さんは口をギュッと結んで、目を閉じる。

先ほどよりも更に顔色が悪くなっている。

「……米倉さんと私、実は同期なのね」

「あ、はい。米倉さんから聞いてます」

「米倉さんは新卒で入社してからずっとフルタイムで働いているでしょ？　でも同期の私は産休も取って育休も取って、その上時短勤務してる。彼女から見れば、私は仕事せずにサボってるダメ社員にしか見えないよね」

「そんなこと……」

そんなことはない、と言いかけて、私は口をつぐんだ。

まさに今日米倉さんとランチをした時、彼女の口から「休んでばかりでほとんど働かない部長」という言葉を聞いたばかりだったからだ。

「でも、そんなこと言ったら働いている人は誰も出産なんてできないですよね。誰かが休んだ時は、周りの人が手伝って支え合って……」

「三郷さん。もちろん理想はそうだけど、支えてくれる側はそんなに綺麗に割り切れないと思うのよ。だから私も、支えてくれる周りへの感謝の気持ちだけは忘れずに謙虚に頑張ろうって思ってやってきた。でもね……」

田向さんはハンカチを取り出して、目頭を押さえる。

下を向いているから、泣いているのかどうかまでは分からない。

（なんだろう……モヤモヤする。何がいけなくてこんなことになったの？）

社会人になってまだ四年目になったばかりの私の周りには、出産どころか結婚している同期もほとんどいない。

でもここから十年も経てば、田向さんのように育児をしながら働く人だってたくさん出てくるはずだ。

(産休や育休を取って時短勤務で復帰するって、そんなにいけないことなの?)

なんの言葉も出てこない私の前で、田向さんは顔を上げて大きく息を吸う。

「ごめんね! 三郷さん。私と米倉さんの間のことなんて、三郷さんには関係ないもんね。折を見てちゃんと米倉さんには事実を伝えて注意する。それまでは申し訳ないけど、できるだけ委託先窓口としての連絡は三郷さんが間に入って担当して欲しいの」

「分かりました。多分そこは得意分野なんで任せて下さい! 逆に私はシステムに疎いので、そこは米倉さんに頼らせてもらいます」

「そうだね、二人で協力してお願いします」

エレベーターの到着を待っている間、田向さんは独り言のようにブツブツと、私に謝り続けていた。

ちゃんと折を見て説明する、許して欲しい。そんな言葉を繰り返しながら下唇を噛む。

人事部フロアに着くと、田向さんは席には戻らず一人でフラッと給湯室《きゅうとうしつ》の方に向かった。

「ごめん、三郷さん。先に席に戻ってて」

「はい。田向さん……ご気分悪そうですけど、大丈夫ですか？」

「大丈夫。米倉さんの信頼を失うようなことをしてしまって、本当にごめんなさい……」

私に背を向けた田向さんは、一人よろよろと給湯室《きゅうとうしつ》の中に入って行った。

◆

六月に入り、『人事システムリプレイス対応』改め、『業務委託先変更対応プロジェクト』は静かに始まった。

現在の業務委託先である大原事務所との対応窓口は、私が米倉さんから引き継いだ。

その上で、新しい業務委託先との打ち合わせや、システム導入のための作業諸々の対応をこなす毎日を送っている。

慣れないシステム用語と悪戦《あくせん》苦闘《くとう》しながら、米倉さんのご機嫌も損ねないように気を遣う。そんな日々は想像していた以上に大変で、心身ともに忙しい。

しかし、仕事で手いっぱいになっているのは私だけではない。

六月といえば、夏季賞与《かきしょうよ》の支給月だ。

昨年度下期の人事考課データの確認や、システムでの賞与計算やそれに伴う各公的機関への届出、問い合わせ対応……

次々とやるべきことがそこら中から湧いてきて、人事部の社員たちは再び、四月以来の忙しない空気に包まれている。

ふと、私の席の内線がピロピロと鳴った。パソコンのモニターにかじりつくようにして五月分の勤怠《きんたい》データをチェックしていた私は、その音に驚いて飛び上がる。

見ると、電話機のディスプレイには「カイギシツ」と表示されている。

(誰が会議室から私に内線なんか……)

チェックが終わったデータに急いで色付けして目印を付けると、私は左手で受話器を取った。

「はい、三郷です!」

『三郷さん? 採用教育課の小室です』

「小室さんですか? お疲れ様です! どうしました?」

『今、二十五階の大会議室で営業部の駒田さんの最終面接が終わったんだ。もし時間あったら、三郷さんも来る? 少し駒田さんとお話でもどうかなと思って』

「えっ、いいんですか? 大会議室ですね、すぐ行きます!」

すっかり失念していたが、今日は裕美さんの最終面接の日だ。

正社員登用試験を受けた営業アシスタントの裕美さんは、トントン拍子で書類選考と一次面接を通過した。今日の役員との最終面接を終えれば、いよいよ採用されるかどうかの結果が出る。

採用が決まれば、いよいよ裕美さんも十月からは正社員だ。

小学生と保育園児の三人の子どもを育てる、シングルマザーの裕美さん。

私は裕美さんの正社員への転身を心から応援している。

営業アシスタントとして第一営業部を明るく支えてくれた裕美さんなら、きっとみんなを引っ張る営業部のリーダー的存在になってくれるはずだ。

クライアントとのやり取りにも慣れているし、社内システムにも精通している。

ここまで即戦力になれる人材は、他を探したって絶対に出てこない。

大会議室前の廊下からそっと中を覗くと、ちょうどお盆に飲み終わった湯飲みを載せた小室さんが出て来たところだった。

「小室さん！」

「ああ、三郷さん。駒田さんは中で待ってるから、ごゆっくりどうぞ」

笑顔の小室さんに会釈《えしゃく》をして、私は大会議室の中に入る。すると、裕美さんは椅子に深く沈み込んで脱力していた。

きっと面接で全ての力を出し切って緊張が解けたんだろう。ピザの上のチーズみたいに椅子の上でとろけている裕美さんは、年上ながらなんだか可愛らしい。

「裕美さん、面接お疲れさまでした！　手応えどうでした？」

「わっ、三郷ちゃん来てくれたの？　面接、ものっすごい緊張したよー！　途中で自分でも何言ってるのか分かんなくなっちゃった。大丈夫かな……不安過ぎる」

裕美さんの隣の椅子に座ると、近くで見る裕美さんの顔からは血の気が引いていて、少し冷や汗までかいていた。

「役員と直接喋るシチュエーションなんて、普段絶対ないですもんね。私だったら固まっちゃって一言も喋れなそう……」

「何言ってんの。新卒採用面接の時に役員面接をクリアして入社したんでしょ？　それにしてもやっぱり正社員面接って厳しいね。私、もう四十代だから……今日の面接も駄目で元々だと思ってるんだ」

椅子に沈み込んだまま、裕美さんは嘆息する。

最終面接では仕事のこと以外にも、家庭環境についても色々と質問されたそうだ。小学生が二人、保育園児が一人いると伝えると、役員の顔色が少し曇った。

子育てに関しては同居する両親のフォローを受けられると必死でアピールしたものの、やはりそれだけでは役員の不安を払拭《ふっしょく》することは難しかったようだ。

面接は、あまり感触良くないまま終了。

裕美さんの話を聞いているだけで、なんだか私まで緊張してきた。選考結果はいつになるんだろう。

「親と同居とはいえ、やっぱり子供を親に丸投げにはできないじゃん。うちの親ももう年だし。育児中であることを理由に面接落とされるかもね。ああ……私たち氷河期《ひょうがき》世代には、いつまで経っても世の中は厳しいよ」

裕美さんは悔しそうな顔で会議室のテーブルに片肘をついた。

そういえばつい先日、田向さんも同じようなことを言っていた。

産休を取って、育休を取って、時短勤務をして。本人は必死で働いているつもりでも、仕事のしわ寄せが行く周囲の社員にとっては、そう綺麗には割り切れない。受け入れられない。

子供を持った人も子供がいない人も、お互い尊重《そんちょう》し合って働ける会社にしていくというのは、そんなに難しいことなんだろうか。

「裕美さん。うちの部長も育児時短勤務なんですけど、それを批判するような方がいらっしゃって……。子育てしながら働くってそんなに駄目なことなんでしょうか。それまで積み重ねてきた社会人経験は、出産したからって無くなるものじゃないと思うんですけど」

「どうなんだろうね。でも、子育て中の社員を疎ましく思う人はどの会社にもいるんじゃないかな。休んだり早く帰ったりする分、どうしたって同僚《どうりょう》に仕事のフォローをお願いしなきゃいけない場面って出てきちゃうし。嫌だなって捉える人がいて当然だとは思うよ」

「でもそれって、すごく寂しい考え方だなって思います……」

つい先日の、田向さんの青ざめた顔が脳裏をよぎる。

田向さんはまごうことなき人事部の部長だ。時短勤務だろうがフルタイムだろうが、人事部の社員に堂々と指示を出して引っ張っていってくれたらいい。

同期の米倉さんに遠慮《えんりょ》して言いたいこともハッキリ言えない裏の顔なんて、正直言うと知りたくなかった。

時短勤務だから、周囲に迷惑をかけているから、言いたいことを我慢して飲み込む？　そんな職場は健全だろうか？

田向さんにはもっと胸を張って堂々としていて欲しい。そんな風に考える私は、考えが浅いのだろうか。

「人事部長って、田向さんっていう人だったっけ？　何歳くらいの人なの？」

「確か、三十代後半に入ったくらいだと思います」

「私よりは少し下か。私たちみたいな氷河期《ひょうがき》世代とはまた違って、リーマンショックで厳しかった世代かもね。辛酸嘗《しんさんな》めながら必死で仕事にしがみついて働いて、子供を産んだら今度は職場で疎まれるってね……なんか人生嫌になっちゃう」

裕美さんは椅子から立ち上がり、私の肩にポンと優しく手を置いた。

「三郷ちゃん。今日はわざわざフォローしに来てくれてありがと。そろそろ私もフロアに戻るわ」

「いえ、とんでもないです。また面接の結果が出たら教えて下さいね」

「了解！　期待せずに待ってて！」

裕美さんは元気にそう言うと、くるりと背中を向けて会議室をあとにする。

就職氷河期《ひょうがき》、リーマンショック。

私よりも少し上の世代には、経済に大打撃を与えるような大きな出来事が相次いだ。

裕美さんが新卒で就職活動をした時には、正社員での就職口は見つからなかったと言う。アルバイトで入社した会社から誘われて事務職の契約社員となり、社会人経験を積んだそうだ。

田向さんの新卒時代の話は聞いたことがないけれど、リーマンショックが起こった頃には全国的にいわゆる派遣切りが行われ、多くの非正規雇用者が職を失ったと聞く。

そんな厳しい時代に、社会人としてのスタートを切った田向さん。

（あ、田向さんが米倉さんと同期ってことは、米倉さんも新卒の時大変だったのかもしれないな……)

モヤモヤする自分の気持ちを、上手く言語化することができなくてもどかしい。

私はもう一度会議室の椅子に座り、頭を整理しようと目を閉じた。

自信をなくして周囲に遠慮《えんりょ》している田向さん。

時短勤務の田向さんを、「仕事をしない部長」と揶揄《やゆ》する米倉さん。

私の胸の中をざわつかせる、この気持ち悪さの元はなんだろう。

氷河期《ひょうがき》世代だろうがリーマンショック世代だろうが、それ以外の世代だろうが、

「働き続ける」ことに対して壁が立ちはだかることなんて山ほどある。

出産や育児はその代表例だけど、それ以外にも親の介護や自分の病気、思わぬ理由で働くのが困難になるケースなんていくらでも思い当たる。

どうにもならず、仕事を辞めるという選択をする人もいるだろう。

本当は辞めたいけれど、生活のために無理して働く人もいるだろう。

働くことが生きがいで、多少の無理は見て見ぬふりをして働き続ける人もいるだろう。

そこまで考えて、私はハッとして目を開けた。

(そっか。働く事情や意義は人によって違うのが当然。それを何故か、子育て中の社員だけがまとめて一つにくくられているから気持ち悪いのかもしれない)

確かに、田向さんは時短勤務だから他の社員より早く退勤するし、突発休《とっぱつきゅう》も多いかもしれない。

でも、田向さんは私たちの知らないところで大原事務所からの苦情に対応してくれていた。業務委託先の切替の件だって、私たちにアサインするまでに関係各所と色々と事前調整してくれていたはずだ。

私たちの見ていないところで、田所さんは確かに人事部を支えてくれている。

（そうだよ。田向さんは決して、米倉さんの言うような『休んでばかりのダメ社員』なんかじゃない……！）

私が第一営業部にいた頃を思い出してみる。

当時の私は営業部長が普段どんな仕事をしているかなんて知らなかった。目の前の自分の仕事に必死で、正直に言えば、部長が何をしているかなんて興味すらなかった。

人事部だって同じはずだ。もしも田向さんがフルタイム勤務だったら、きっとみんな田向さんがどれくらい仕事をしているかなんて興味も持たないだろう。

それなのにどうして時短勤務というだけで、田向さんだけを「仕事をしていない」と揶揄《やゆ》したりするんだろう。時短勤務だからフルタイム社員よりも仕事をしていないに違いないという、ただのみんなの思い込みなんじゃないだろうか。

（だって実際、大原事務所が契約延長をしてくれたのは田向さんのおかげだもん。田

向さんがいなければ、今頃大変なことになっていたはずだよ）

大原事務所との契約も終了し、次の委託先との調整も終わっていなかったとしたら——きっと私たちは今頃、毎日徹夜《てつや》で働く羽目になっていたことだろう。

一方で、田向さんがそうだからと言って、他の育児時短勤務社員が全員同じように真面目に仕事をしているとも限らない。

周囲のフォローに甘え、育児中であることを言い訳にして仕事をサボる人もゼロではないと思う。

「結局、時短勤務かどうかでその人を判断したら駄目なんだよ……」

誰もいない会議室で、思ったことをあえて声に出してみる。

当然のことながら、社員は一人一人全く違う人間だ。

育児中の社員というだけでひとくくりにしてレッテルを貼るのは良くない。

そう言えば、先日の人事労務課の課会で、藤堂さんが言っていた。

会社の方針として、これからは男性社員の育児休業取得を促進《そくしん》していくそうだ。

これまではいわゆる『ワーキングマザー』と呼ばれる母親社員に偏っていた育児を、同じく親である男性社員も背負っていく。

「人事の仕事って、本当にすごいな……」

誰もいない会議室の中で、私の口からついそんな言葉がこぼれ落ちた。

藤堂さんはいつも口癖のように言う。社員の生活の当たり前を守る――それが人事の仕事だ、と。

しかし、その当たり前は、時代と共に変化していく。氷河期《ひょうがき》世代やリーマンショック世代にとって当たり前だったことは、次の世代にとっての当たり前ではない。

男性育休取得促進《だんせいいくきゅうしゅとくそくしん》というのはその変化に合わせた施策《しさく》の中の一つだ。

本当に私たち人事が実現したいのは、男性の育児参加という目先のことだけにとどまらない、もっと先にある未来。

一人一人の社員がそれぞれの事情に応じて最大限に輝きながら仕事ができるようになること。そして、そんな働き方が当たり前になること。

そのために私たちは社員一人一人に寄り添い、社員の生活を守っていく。それが私たち人事が目指す場所なんじゃないだろうか。

田向さんの生き方も、米倉さんの生き方も。

できるだけ理解して、噛み砕いて、消化して。

そこから考え抜いた「働く」を人事制度という形に昇華《しょうか》して、次の世代に繋げていく。それがきっと、人事の仕事の本質なんだ。

「時代に合わせて在り方を変えて、未来に繋げる。それが人事部の仕事……！」

勝手に気持ちをすっきりさせた私は、足早に大会議室を出る。

俄然、仕事に対してやる気が出てきた私の足取りは軽い。

新しい委託先からの意味不明な質問表だって、みんなが適当に入力したエラーだらけの勤怠《きんたい》データだって、いくらでもどんとこい！

人事部の一員として、自分の目指すべき道が見えた私は、とんでもなく無敵だ。

（今日はちょっと頑張って残業してから帰ろうかな）

私は、会議室と同じフロアにあるリフレッシュルームの自動販売機でコーヒーでも買って帰ることにした。残業に備えて、パワー補給といこう。

そしてフロアに戻ったら、私が次にやることは決まっている。

田向さんに、ちゃんと米倉さんと話し合って欲しいと言おう。

部長として注意すべきところはきちんと注意して欲しいし、米倉さんも時短勤務の田向さんに対して偏見《へんけん》でものを言うのをやめて欲しい。

時短勤務の部長と、フルタイム勤務の部下。そんな枠に当てはめるのではなく、田向さんと米倉さんという人間同士で腹を割って話をして欲しい。

同じ目標に向かって走っていくべき仲間同士が、コミュニケーション不足が原因で仲たがいするなんて勿体ない。私たちが目指すべき方向は同じなのだから。

私は、リフレッシュルームへ通じる扉を開いた。

奥にある自動販売機の方に目をやると、私の前に先客がいるようだ。

（……あれ？）

状況を把握するまで、ほんの数秒。しかしその数秒は驚くほど長く感じた。

私の目の前にいたのは、藤堂さん。

そして、彼の腕の中にすっぽりと包まれた、田向さんだった。

「えっ、なんで……」

私の口から漏れた声に、藤堂さんが気付いてこちらを振り向く。

「三郷さん‼」

「藤堂さん、田向さん。どうしてこんなところでそんな……！」

米倉さんが言っていた不倫《ふりん》の噂は、やっぱり本当だったんだ。社内の、しかもこんな人目に付かないところでこっそり二人きりで会っているなんて。

あの日給湯室《きゅうとうしつ》で二人きりで話していたのも、全部そういうことだったんだ。

これまでの藤堂さんへの想いと、二人に対しては絶対に抱きたくなかった嫌悪感が、私の中で黒い渦を巻く。さあっと血の気が引いて、指先から冷たくなっていく。

軽く眩暈《めまい》がして足元をふらつかせた私に、藤堂さんは必死の形相《ぎょうそう》でもう一度叫んだ。

「三郷さん‼」

「藤堂さん、とりあえず、私は何も見なかったことにします。このままフロアに戻りますから藤堂さんは……」

「いや、駄目です！　見なかったことにはしないで下さい！」

「えっと……はあっ⁉」

藤堂さんの予想外の返答に私がすっとんきょうな声を上げるのと同時に、藤堂さんの胸の中にいた田向さんはズルズルと床に崩れ落ちた。

藤堂さんは田向さんが床で頭を打たないように体と腕を支えながら、一緒に床に座り込む。

「三郷さん、救急車を呼んで下さい！」

「救急車⁉　一体何がどうなってるの……？」

慌ててジャケットのポケットから携帯電話を取り出すが、手が震えてなかなか画面ロックが解除できない。自分を落ち着かせようと深呼吸をしながら、一つ一つパスワードをタップする。

足の力が抜けて、私も藤堂さんのすぐ側にしゃがみ込んだ。

藤堂さんの腕の中で、田向さんは荒い呼吸のまま眉間《みけん》に皺を寄せて苦しそうにしている。

私がかけた一一九番に、電話が繋がった。私は携帯電話を耳に当て、田向さんの様子をうかがう。

「あ、はい……救急です。住所は東京都港区の港南……えっと、症状はですね」

藤堂さんが私の横から、スピーカーをオンにするようにジェスチャーをする。

私はスピーカーのボタンを押すと、携帯電話の画面を藤堂さんの方に向けた。

私の代わりに藤堂さんが、田向さんの状況を話し始める。

「三十代後半の女性です。会社内で腹痛を訴えて倒れました。今、妊娠《にんしん》四ヶ月と聞いています」

（――え？　藤堂さん、今なんて言った？）

呆気にとられる私の横で、藤堂さんは電話の相手に必要な事項を淡々と伝えていく。

電話が終わるとリフレッシュルームの中を見回して、何か思いついたように私の方を見た。

「三郷さん。あっちのストレージに非常用持ち出し袋と毛布《もうふ》が入ってます。とりあえず毛布《もうふ》を何枚か、持ってきてくれますか」

「はい、分かりました！」

自動販売機の手前に並んだストレージを手当たり次第に開いていくと、薄手の毛布《もうふ》をしまっている引き出しを見つけた。そこから何枚か毛布《もうふ》を取り出して袋から出し、田向さんの元に走り寄る。

毛布《もうふ》の上に寝かせようと声をかけると、田向さんは苦しそうに目を開けた。

「三郷さん……ごめん、妊娠《にんしん》中であることを伝えてなくて……」

「そんなことは置いといて、とりあえず大丈夫ですか？　救急車が来るまで少し横になっていてください」

「本当にごめんね……これでますます米倉さんの信頼も……」

また痛みが襲ってきたのか、田向さんは米倉さんの名前を口にしたところで顔を歪めて唇を噛む。

救急車が到着して田向さんが病院に搬送《はんそう》されるまで、ものすごい長い時間がかかったような気がする。

藤堂さんは人事部のフロアに戻り、田向さんの緊急連絡先であるご主人宛に電話をかけてくれた。そして、藤堂さんの代わりに私が、田向さんに付き添って救急車に同乗することとなった。

搬送《はんそう》された先は、品川中央総合病院。どこかで聞いたことがある名前だと思ったら、先日菜々と一緒に渡辺さんを尾行した時に見た病院だ。

照明が間引かれた薄暗い病院の廊下で、あとから病院に駆けつけた藤堂さんと落ち合う。私たちはベンチに並んで座り、田向さんのご主人が病院に到着するのを待った。

時間外の病院の中はとても静かで、時々廊下を行き来する病院スタッフの足音だけが不気味にパタパタと響く。

静寂《せいじゃく》に耐えられなくなった頃、藤堂さんが重苦しく口を開いた。

「まだ安定期ではないので、田向さんはご自身の妊娠《にんしん》のことは公表していませんでした。僕は前々から産休と育休の申請手続きの件で相談を受けていたので先に知っていたのですが……三郷さんは突然で驚きましたよね。すみませんでした」

「いいえ。もちろん驚きはしましたけど……。でもそんなことより、田向さんと赤ちゃんが心配です。妊娠《にんしん》四ヶ月でこんな風に倒れちゃうなんて……」

それだけではない。私の心には、田向さんが倒れた時に口にした米倉さんのことが引っかかっていた。

まさか田向さんは、二人目を妊娠《にんしん》したことを米倉さんに知られたら、ますます彼女の反感を買うのではないかと心配してストレスを溜めてしまっていたんじゃないだろうか。

そのストレスが原因で倒れてしまったのだとしたら、どうにもやり切れない。膝の上に置いた自分の両手が、小刻みに震えているのが分かる。

「田向さんのご主人も、もうすぐ駆けつけて下さるそうです。僕たちのできることは、明日以降田向さんがしっかりと休めるように、仕事を頑張ることだけですね」

「藤堂さん。私さっきリフレッシュルームでお二人を見た時に、失礼なことを言ってすみませんでした。明日からもしっかりと頑張ります」

一瞬でも藤堂さんと田向さんの仲を疑って嫌悪感を抱いた自分が情けない。

藤堂さんも田向さんも、そんな不誠実なことをする人じゃないことは、よく分かっていたはずなのに。

私は藤堂さんの方を見ることができず、下を向いたまま目を閉じた。

◆

「良かったぁー！」

田向さんを診てくれた先生から「母子共に異常なし」との説明を受け、私たちはみんなで歓喜の声を上げた。

ちょうど病院に到着した田向さんのご主人も、私や藤堂さんとシンクロするように叫んだので、それがなんとも言えずおかしくて、私たちは顔を見合わせて笑った。

「藤堂課長、三郷さん。この度は妻が大変お世話になりました。なんとお礼を申し上げたらいいか」

「いえいえ、僕たちはただ救急車を呼んだだけです。ご主人がすぐに来て下さったので助かりました」

田向さんのご主人と藤堂さんは、お互いにペコリと頭を下げる。

保育園に通っている上のお子さんは、田向さんのお母様に預けてあるそうだ。

明日もお母様がお子さんのお世話を引き受けてくれたので、ご主人はこのまま一晩、田向さんの方に付き添ってくれることとなった。

(とにかく、田向さんも赤ちゃんも無事で、本当に本当に良かった)

私は藤堂さんたちに見られないよう、後ろを向いてそっと涙を拭う。

病院から、ご家族以外は夜間の面会はご遠慮《えんりょ》下さいと言われた。田向さんの元気な顔を見てから帰りたい気持ちはあったけれど、致し方ない。

私と藤堂さんはそのまま病院を出ることにした。

なんと藤堂さんが気を利かせて、私の荷物も一緒にオフィスから病院まで持ってきてくれていたのだ。そのおかげで、一旦品川のオフィスに戻らなくても、このまま電車に乗って自宅に直帰できそうだ。

腕時計を見ると、もう十九時を回っている。

「藤堂さん。この病院、最寄駅は五反田なんですよ。藤堂さんってお住まいどちらでしたっけ？」

先日菜々が張り付いていた品川総合病院の看板のある道を歩きながら、私は藤堂さんに尋ねた。

「僕は千葉方面なのでとりあえず山手線です。三郷さんはこの辺りに詳しいんですか？」

「え!?　ああ……前に一度来たことがあって。五反田駅までの道なら分かりますよ」

「…………」

「あれ？　藤堂さん、どうかしました？」

「……三郷さん」

「はい」

「向こうから歩いてくるの、もしかして渡辺でしょうか」

「え？」

藤堂さんの視線の先に目をやる。すると確かにそこには、私たちの方に向かって近付いて来る渡辺さんの姿があった。

（そうだった。渡辺さんは確かあの日も、これくらいの時間に品川総合病院に向かっていたんだったっけ）

私たちは立ち止まり、しばらく渡辺さんの姿を見つめる。

足早に歩いていた渡辺さんの方もふっと顔を上げ、目が合った。

「あれ？　藤堂……と、芙美？」

◆

「はい！　これが健康保険の扶養申請書《ふようしんせいしょ》。それと、国民年金なんちゃらかんちゃら……だったっけ？　これで扶養申請の手続きは完了ってことでいい？」

「もう、渡辺さん！　全然ダメです。奥様が仕事を辞めたことを証明する書類が不足しています。前職の退職証明書か、離職票を一緒に出して下さいって言いましたよね」

「うげ、全然足りねーじゃん。うちの嫁、ちょうど昨日退院したから聞いとくわ」

渡辺さんが「うちの嫁」なんていう言葉を口にする日が来るとは思っていなかった。照れくさそうに笑う渡辺さんは、すっかり以前の元気な顔に戻っている。

田向さんが倒れたあの日、私と藤堂さんは病院の帰り道で偶然渡辺さんに会った。

翌日会社で話を聞いたところ、どうやら渡辺さんと長くお付き合いをしていた彼女が妊娠《にんしん》し、切迫流産《せっぱくりゅうざん》で品川中央総合病院に入院していたそうだ。

渡辺さんは、毎日のように仕事終わりに病院に通い、着替えや暇つぶしの本や漫画を差し入れしていたとか。

恐らく、私と菜々が渡辺さんを尾行したあの日も、コンビニで色々と差し入れを買い、会社から直接品川総合病院に向かうところだったのだろう。

渡辺さんの彼女改め奥様は無事に退院し、入籍を済ませた。奥様は一旦渡辺さんの扶養《ふよう》に入るので、渡辺さんは今必死に扶養申請書類を準備している。

秋の終わりに赤ちゃんが生まれれば、今度は赤ちゃんの扶養申請手続きが待っている。

社員の幸せにこうして事務手続き担当として関わることができるのも、人事部の特権かもしれない。まるで私にまで幸せを分けてもらっているような気分だ。

「渡辺さん、奥様によろしくお伝えくださいね。それと、国民年金なんちゃらではなくて、国民《こくみん》年金《ねんきん》第三号《だいさんごう》被《ひ》保険者《ほけんしゃ》関係《かんけい》届《とどけ》、ですよ！」

「あー、分かった分かった。その絶対に誰も覚えられない書類の名称、なんとかした方がいいと思うよ、芙美！」

「慣れれば覚えられます」

「芙美は色んな人の書類を見るから覚えられるけど、こっちは一生に一回しか出さないの！　覚えられるわけがないだろ？　でもまあとりあえず、第三号っていう部分だけは覚えた。芙美の苗字《みょうじ》と一緒だし。三号と三郷で」

面白くないジョークを放って、渡辺さんは勝手に一人で笑い転げる。

そんな渡辺さんの後ろで、人事部フロアの扉が開いた。入ってきたのは米倉さんだ。

「あ、米倉さん！　お帰りなさい。田向さんのご様子はどうでした？」

「うん、元気そうだった。色々と引継ぎ事項を聞いてきたから、三郷さんにも協力してもらうよ」

そう言った米倉さんの表情も以前と比べれば随分とスッキリして、負の感情を吹っ切ったように見える。

田向さんが入院してからというもの、同期である米倉さんは、時々田向さんのお見舞いに行くようになった。

『業務の引継ぎを受けに行くだけだよ。急に休まれて、こっちも困ってるし』

そんな台詞《せりふ》を口にしながらも足しげく病院に通う米倉さんは、田向さんとゆっくりお話をして、お互いに分かり合えたんだろうと思う。

田向さんと電話で話をした時、米倉さんのことについて少しだけ教えてくれた。

米倉さんは名門T大卒で、元々海外企業に就職が決まっていたそうだ。

それがリーマンショックの影響で入社直前にそのポジションが無くなった。日本国内で急いで就職先を探して入社したのが、ここ株式会社フロムワンキャリアだった。

『米倉さんはずっと海外で働くことを夢見ていたのにそれを直前で打ち砕かれて、ずっとコンプレックスを抱えて働いて来たんだと思う。しかも同期や後輩が自分よりも先に昇格していくのを近くで何度も見ることになれば……そりゃ、ずっと前向きではいられないよね』

田向さんは多くは語らなかった。でも米倉さんがどうしてあんな態度で仕事をしていたのか、少し分かった気がする。

それに、私は先日聞いてしまったのだ。米倉さんが給湯室《きゅうとうしつ》でご家族らしき人と電話する声を。

お手洗いから戻る途中に少し耳に入ったくらいだから、本当かどうかは分からない。でも、米倉さんが話していた内容から察するに、どうやら米倉さんのお祖母様の介護をしていたお母様が、日頃からの疲れが溜まって倒れてしまったらしい。

自分の家族も大変な状況なのに、それを言い出せずに必死で働いている。

でも、子供がいる社員は堂々と時短制度を使って早く帰っている。

米倉さんの不満とストレスも、溢れる寸前までできていたのかもしれない。

「米倉さん、お任せ下さい！　なんだか私、最近ますます仕事が楽しくなってきて、いくらでも働けるような気がしてるんです」

「へえ、三郷さん。そんなこと言っちゃって大丈夫？　私は相手が新人だろうが先輩だろうが、容赦《ようしゃ》なく仕事を押し付けていくスタイルなんだけど」

米倉さんは自席に座りながら、意地悪そうな顔で笑う。

そこになぜか急に、課長席にいた藤堂さんが話に割って入る。

「三郷さん、いくらでも働ける……なんてことは言ってはいけません。三六協定《さぶろくきょうてい》で決められた労働時間の上限を超えてしまっては困りますし、当社として社員の皆さんには仕事だけでなくプライベートも充実させて生き生きと働いていただかなくては……」

ずれた眼鏡を直しながら超真面目な顔で言う藤堂さんの背中側の壁には、『ストップ！　長時間労働　～あなたの職場の働き方改革、大丈夫？～』と描かれたポスターが貼られている。

「分かってますよ、藤堂さん。冗談《じょうだん》です」

「冗談《じょうだん》ですか……それなら良いのですが。僕は冗談《じょうだん》とそうでないものの区別が付かない人間なので、失礼しました」

「ふふ……でも藤堂さん。仕事が楽しいと言ったのは本当ですよ。人事部のお仕事って、やればやるほど奥が深いなって感じます。面倒な事務作業も多いけど、いつも理想の未来を考えながら仕事をするのって素敵だなって」

熱く語り始めた私を面倒だと思ったのか、米倉さんは「あー、はいはい」と言いながら団扇《うちわ》でパタパタと自分を扇いで汗を拭く。

そうか、もう夏が来る。

暑そうに頬を赤くしている米倉さんを見て、夏の到来を実感した。

年末調整の書類を受け取って、渡辺さんと藤堂さんが話しているのを見かけたのが確か去年の十一月頃だったから、私が藤堂さんに出会って、もう半年以上が経ったということになる。

「藤堂さん、どうしましょう……よくよく考えたら、仕事は充実しているけど、プライベートは全く充実してません」

私はわざと困った顔をして、藤堂さんを上目遣いで見つめてみた。

藤堂さんの頭の上に、クエスチョン・マークがずいっと立ち並ぶ。

それを見ていた米倉さんは、持っていた団扇《うちわ》をデスクにわざと音が出るように乱暴に置いた。

「もう、藤堂さん！　三郷さんがこんなに分かりやすくアピールしているのに、まだ分からないいんですか？　三郷さんのプライベートを充実させるためにはどうしたらいいのか、考えたことありますか？」

「え？　三郷さんのプライベートの充実、ですか？」

「そうですよ。藤堂さんにしかできないこと、ありますよね？」

米倉さんは、藤堂さんの口癖を真似して言った。

私の藤堂さんへの気持ちは米倉さんにもバレバレなのに、当の藤堂さんだけは全く気付いてくれない。

米倉さんの問いに首を傾げた藤堂さんの頭の上には、次々にクエスチョン・マークが増えていく。

しばらく考え込んだあと、何かを閃いたのか、藤堂さんは笑顔で「ああ！」と言って手を打った。

「三郷さんのプライベートを充実させるために、僕ができることは」

「はい、なんでしょうか！」

私は期待に満ちた目で、ワクワクしながら彼を見る。

「先日の課会でも共有しましたが、これから我が社の人事部は、男性社員の育休取得を促進《そくしん》していきます。産休や育休を取ったからといって、その人のキャリアが断絶するような会社にしたくない。夫婦で協力して育児を楽しみながら働くことが当たり前だという会社にしたいと思っています。今から取り組めば、きっと三郷さんが子育ての当事者になる頃には、そんな未来が訪れていると思います。おのずと三郷さんのプライベートも充実するでしょう」

これでどうだ！　と言わんばかりの会心の笑みで、藤堂さんはデスクを中指でトーン！　と叩いた。

藤堂さん、そこはエンターキーではありません。

あまりの話の伝わらなさに、米倉さんはもう私たちを無視して仕事を再開している。

「藤堂さん。私の言いたいこととはちょっとずれてますが、私はその考えに大賛成です。社員の『今』も『未来』も守れるのは、人事にしかできない仕事ですよね」

「そうでしょう？　三郷さんもそんなうちの人事部の大切な一員ですから、頑張って

ください ね。あ、三六協定に引っかからない範囲でお願いします」

「もちろん頑張ります！　でも……うちの会社で男性育休を促進《そくしん》しても、私のプライベートが充実するとは限りませんよね？　だって、私がフロムワンキャリアの社員と結婚するかどうかなんて分からないですし」

「……確かにそうですね」

「つまり、私がプライベートを充実させるには、うちの社内で未来の旦那様をゲットしないといけなくなります。誰が私と結婚してくれるんでしょうか？」

藤堂さんの気持ちを試すような問いを投げかけて、私はもう一度眼鏡の奥の彼の両目をじっと見つめる。

(私の言ってる意味、これで通じるかな？)

結構直接的に告白していると思うのだが。

藤堂さんは意味が分からないといった様子で固まっている。

しばらく考え込んだあと、ようやく私の言っている意図を理解したのか、藤堂さんはハッと慌てたように立ち上がった。

藤堂さんの座っていた椅子が、音を立ててフロアに倒れる。

「さっ、三郷さん！　…………と、米倉さん」

「はーい。私のこと、三郷さんのついでみたいな感じで呼ぶの止めてくれます？」

「ついでとかではっ、なくて、そろそろ賞与明細をウェブにアップロードする時間です。社員から問い合わせが入ってしまう前に、忘れず対応しておいてくだしゃい！」

藤堂さんは語尾を噛んだまま、ヨロヨロとフロアを出て行った。あまりの慌てぶりが可笑しくて、私は笑いを堪えて下を向く。

（もう。藤堂さんの椅子、倒れたままじゃん）

席を立って、藤堂さんの課長席に回り、倒れた椅子に手をかける。

そこで私は、デジャブかと疑うものを目にした。

「あれ……またた」

藤堂さんは、誰かに告白されるとよろけて靴が脱げてしまう特殊な癖があるらしい。

課長席のデスクの下には、藤堂さんの革靴が片方だけ転がっていた。

番外編　恋する乙女は強いのです！

「ぷっはぁ……さすがに昨日は飲み過ぎた」

とある土曜の、朝七時。

ペットボトルの蓋を開けて豪快《ごうかい》にごくごくと飲み干すのは、私――株式会社フロムワンキャリア第一営業部所属の社会人四年目、斉藤菜々である。

昨日は確か、仕事終わりに同期の三郷芙美をうちに誘って、二人でお酒を飲んでいたはずなのに……どうも途中から記憶がない。

ふと冷蔵庫の横にあるキッチンのシンクに目をうつすと、そこには昨晩飲んだビールや酎《チュウ》ハイの缶がずらっと並べられていた。

酔っ払った私の代わりに空き缶を水でゆすいでおいてくれたのは、芙美だろう。ご丁寧にも空き缶は全て、水を切るようにシンクの中に逆さまに置かれている。

「菜々？　おはよー……」

目をこすりながら起きてきたのは、今まさに頭に思い浮かべていた友人の芙美。

私が寝落ちしたあとにこうして片付けまでしてくれる芙美は、真面目でしっかり者。

昨年度末に人事部に異動してからも、こうして週末にはちょくちょく我が家に泊まりにきてくれる、私の大親友だ。

「ごめん、芙美。水飲むのうるさくて起こしちゃった？」

「うん。うら若き乙女《おとめ》の飲み方じゃなかったよ。ぷっはぁ！　って」

「別にいいじゃん。もう私はうら若き乙女《おとめ》でも、恋する乙女《おとめ》でも、何者でもないんだからさ」

自虐的《じぎゃくてき》にそう言って笑ってみせる。

芙美はそんな私を見て、なんとも言えない気まずそうな顔で黙り込んだ。

「あー、ごめんごめん！　別にもう落ち込んでないよ。芙美がいっぱい私の失恋話を聞いてくれたしさ。渡辺さんのことなんて、もうすっかり全部忘れました！」

「……本当？　無理してない？」

「してないよ。わざわざ泊まりにきてくれてありがとね。もう、すぐに家に帰っちゃう？」

「ううん、別に予定ない。どこかで美味しいランチでも食べる？」

「そうしよ！　そういえば行きたい店があったんだよね。予約できるか調べてみる！」

私はキッチンから部屋に戻り、ベッドの脇に置いてあったスマートフォンの画面を開いた。

◇

私が株式会社フロムワンキャリアに入社してから三年半が経つ。

その間一度も異動なし。ずっと営業職をやっている。

人と接する仕事が好きだからとか、クライアントの笑顔が見たいからとか、そんな大層な理由があって続けているわけじゃない。

私にとってお仕事は、ゲームのようなもの。

自分の持ち駒《クライアント》を利用して、いかに効率良く契約をゲットしてハイスコアを上げるかのハンティングゲーム。

それが私にとっての、お仕事だ。

私や芙美の同期の中には、自分の将来のキャリアに悩んで転職活動を始めた子もいる。

そんな同期たちを見て私も焦らないわけじゃないけれど、やっぱりどう考えても、私には今のお仕事がゲームにしか思えなくて。

見えない未来を憂うより、目の前の契約をどう上手くゲットするかの方が大切。

私はそんな働き方が楽しいいし、今更自分を変える気もない。

それになんとこのお仕事《ゲーム》には、ログインボーナスまでついてくる。ただただ毎日会社に出社《ログイン》するだけで、私の憧れの君、渡辺さんに会うことができるのだ！

渡辺さんというのは、私と同じ課に所属する営業の先輩、渡辺蓮さんのこと。

私や芙美が新卒で入社した時からずっと側で仕事を教えてくれた、優しくて頼りがいがあって仕事もできる、最高の先輩だ。

私が渡辺さんと出会ってから恋に落ちるのに、長い時間はかからなかった。

営業フロアはフリーアドレスなのにもかかわらず、私は出社するといつも渡辺さんの姿を捜し、わざわざ近くの席に陣取っていた。

恋する乙女《おとめ》なら、好きな人の側にいたいと考えるのは当然。私もいつか勇気を出して、渡辺さんに告白してやる！　と、渡辺さんの姿を眺めながらいつも考えていた。

そんな矢先。

渡辺さんは突然、なんの前触れもなく、私の知らない人と結婚してしまった。

しかも、授かり婚だという。

私の恋は無残に散って、今ではこうしてミネラルウォーターをがぶ飲みして、ぷっはぁ！　するようになっちゃった。

もう、恋なんてどうでもいいや。

◇

気が付けば、季節はいつの間にか夏だ。

マンションを出た私と芙美は東急線《とうきゅうせん》の不動前駅まで歩き、下りの電車に乗った。休日でガラガラの電車に揺られて約十分、目的地の駅に到着してからも、そこからまた十五分ほど地図を見ながら歩く。

お目当ての店の前に着いた頃には、私たちのお腹はもうペコペコ。いくらでも食べられる気がしてきた。

「やっと着いたー！　さ、芙美。入って入って」

「ねえねえ、菜々。なんで土曜の昼間から女子二人で寿司⁉」

「だって、ここのお店すっごく美味しいんだよ！　しかも夜は食べ放題で三千九百円。ランチはもっとお手頃価格。すごくない？」

「いや、それはすごいけどさ。イタリアンとかゆっくりできるカフェとかじゃなくて、寿司を選ぶところ、菜々らしいわ」

ぶーぶーと文句を言いながらも、芙美は私よりも先に寿司屋ののれんをくぐって中に入って行く。

こんな遠くまで連れて来られたんだから、芙美が文句を言うのも仕方がない。

それでも芙美は絶対私の無茶を聞いてくれるし、土曜の真っ昼間から女子らしくない寿司ランチにも付き合ってくれる。

私はそんな芙美が大好きで、おそらく芙美も私の事が好きだと思う。

それでも最近少し、芙美が遠い存在になった気がするのはなぜだろう？

のれんの隙間から芙美が顔を出して手招きをするのが見えて、私も慌てて寿司屋の中に入った。

◇

「おまかせランチ二つでお願いします」

カウンターに並んで座って注文を終えると、店員さんがおしぼりとお茶を運んでくる。

美味しいお寿司を堪能《たんのう》するために、あえて朝食は抜いてきた。昨晩のお酒もすっかり抜けたし、お寿司のためのお腹の準備は万端だ。

ほとんど待つことなく、私たちの前には『おまかせランチ』と茶碗蒸《ちゃわんむ》し、あら汁が並べられる。新鮮でつやつやと光るお寿司を見て、私のお腹はぎゅるるると鳴った。

外の暑さで火照った口の中に、二人揃ってお寿司を放り込む。

ひんやりとしたネタが口の中でふわっと溶けて、あまりの美味しさに私たちは顔を見合わせた。

「……うっま‼」

「菜々。またキャラ変わってるよ？　ここ、お店だから静かにして」

「ヤバイよ、これ。うますぎる」

「ね。こんな美味しいお寿司、食べたことないかも」

左手を頬に当て、芙美は目がなくなるほど幸せそうに笑っている。イタリアンやおしゃれなカフェじゃなくたって、芙美なら喜んでくれると思っていた。

実を言うと、ここはいつか渡辺さんを誘おうと思っていたお店なんだけど。

後ろのテーブル席に座っていたご夫婦と小さい赤ちゃんの可愛らしい声を聞きながら、私はふうっとため息をついた。

(渡辺さんも子供が生まれたら、家族でお寿司とか食べにくるのかな)

いけないいけない。気が付くとすぐに渡辺さんのことを考えてしまう。

私はあら汁のお椀《わん》を両手で持って、そのまま口に近付けた。甘い出汁《だし》の匂いが、鼻を通って体の中にふんわりと広がって行く。

「ほわぁ……やっぱり、失恋した時は美味しいものを食べるに限る」

「……うん、そうだね。ねえ、菜々。もしも私も失恋したら、またここに来よう」

「失恋って、あの人事部の眼鏡男子に？　まあ、あの人って恋愛には全く興味なさそうだよね」

私の言葉が眼鏡男子の悪口に聞こえたのか、芙美はぷうっと口を尖らせる。

それにしても、芙美の男の趣味は随分と変わってる。

あんなに優しくて頼りがいがある渡辺さんには目もくれず、地味な部署でコツコツ働く眼鏡男子が好きだなんて。

「お客さん、失恋した時に通う寿司屋なんて嫌だなあ。できればお祝いの時に来てよ」

私たちの会話を聞いていた大将が、カウンターの向こうでガハハと笑った。

「お二人さんは学生さん？」

「いいえ、会社員です。私たち会社の同期なんです。家がこの近くで」

「そうか、若いのによく頑張ってるねえ。最近は、あれでしょ？　在宅勤務《ざいたくきんむ》とかが流行ってるらしいね。うちの常連《じょうれん》さんも、地方の実家に戻って在宅で仕事しますなんて人もいたけど。時代は変わったね」

「在宅勤務、いいですよね。うちの会社はできないんですよ。特に私は営業だから」

担当するクライアントによっては、「社員が在宅勤務をしているからオンラインで研修を実施して欲しい」という要望が出されることもある。

いざ訪問しようとしても、担当者が出社していないことも増えたし、働き方を変える必要もあるのかもしれない。

しかし――うちの会社だけではないだろうが――営業職という仕事柄、なかなか在宅勤務は難しい。

（うちの人事部も、考えてくれてないわけじゃないんだろうけど……）

人事部所属の芙美はどう思っているんだろうかと横を見ると、芙美はカウンターの上で頭を抱えていた。

何してるんだろうと思いながら、私はもう一度ズズッとあら汁を飲む。

「……在宅勤務、いいかも」

「え？　どうしたの？　芙美」

「うちの会社も在宅勤務を導入できないかな⁉」

「何よ突然？」

怪訝《けげん》に思って首を傾げる私とは対称的に、カウンターから顔を上げた芙美の目はキラキラと輝いていた。

「だって、在宅勤務ができればいいことといっぱいあるじゃん？　育児や介護をしている人も働きやすくなるし、さっきの話みたいに実家に戻って働く選択肢もできる。そ

れに、ゆくゆくみんなが在宅勤務をメインにするようになれば、オフィスを縮小して
ワンフロアくらい減らせるかもしれない」
「確かにうちの会社、営業部と人事部のフロアが離れすぎだよね」
「そう。二フロア並んで空いてるビルがなかったらしいよ……って、そういうこと
じゃなくて、コストが減らせるってことだよ」
「コストって……なんで急にそんなデカい話……」
あ、まただ。
こんなに近くにいるはずなのに、芙美の存在がとても遠い。
「菜々もいいと思わない？　営業職も、外回りのない日は在宅勤務を認める制度とか
を作れば、例えば週に一回くらいは家で仕事できたりするじゃん」
「そうだね。そしたら連休中日に在宅勤務にして、ちょっと長めに実家に帰ったりで
きるかも」
「菜々の実家、静岡《しずおか》だもんね。静岡なら、割と気軽にそういう行き来もできるように
なるよね。あ、でもそうなると通勤交通費の取り扱いとかも考えないとだな……」
「うん、そうかも。あと、芙美の後任で新人の有本くんがクライアント引き継いだ
じゃん？　あそこは請求書手持ちのところが多いから、なかなか在宅勤務が難しそう
だよね」

「……ってなると、どのクライアント担当しているかによって、不公平感が出るかもしれないってことだね。やるにしても課題山積みかぁ」

そうだよ、芙美。課題は山積み。

そんな壮大なプランを語るんじゃなくて、目の前のお寿司を楽しもうよ。

口には出せないけれど、私の心の奥でネガティブな言葉がぐるぐると渦を巻く。

芙美は私の心の奥の闇には気付いてないみたいだ。目を輝かせたまま一人で納得したように頷くと、

「どうやったらできるか、もう少し考えてみようっと」

そう言って、残ったお寿司を幸せそうに頬張った。

(考えてみるんだ……芙美、超ポジティブじゃん)

大親友が生き生きしているのは嬉しいはずなのに、なぜだか暗い気持ちが私の心を包む。

私たちみたいな一介のハンターが狙う獲物《えもの》は、クライアントからの契約書だったんじゃなかったっけ？　なんで突然芙美だけがハンターを卒業して、世界を司る魔王みたいになっちゃってんの？

契約一本、百五十万円で満足する私。

オフィスビルのワンフロアを解約して、会社全体のコスト削減をしようという芙美。

（なんだこれ……）

私と芙美では、見えている世界が違いすぎる。

胸の奥の方が、ざわざわする。

今までの芙美なら、「なんでできないんだろう」って思い悩んで落ち込んでいたはずだ。それを明るく励ますのが、私の役目だった。

それが、今の芙美は「どうやったらできるか考えてみよう！」に変わっている。

芙美を変えたのは何？

人事部の仕事？　それとも、恋？

そのどっちも持っていない私は、もうゲームオーバーってことなのかな？

◇

ゲームオーバー。

このお仕事《ゲーム》をもう止めたい。

ログインボーナスもなくなったし、一緒に戦ってきたはずの仲間もレベルアップして仲間《パーティ》からいなくなった。

（実家に帰って仕事をする、かあ……）

寿司屋の大将に聞いた言葉が、頭の中をぐるぐると回っている。

フロムワンキャリアに固執《こしつ》して営業職を続ける理由は、今の私にはない。

実家のある静岡に戻って、地元の人と結婚して、そのまま専業主婦としてやっていくっていう道もある。

うちの親は早く東京から静岡に戻ってこいとうるさいし、実際地元の友人たちはみんな早くに結婚して仕事をやめて家庭に専念している。

(私も、実家に戻ることを真剣に考えてみようかな……)

クライアントとの打ち合わせを終え、帰りのエレベーターを待つ少しの時間にも、そんなことを考えてしまう。

「斉藤さん?」

「……え?　あっ、はい!　すみません。ボーっとしていて」

「いえいえ、それでさっきの副業の話なんですが……」

今日訪問したクライアントでは、これから社員に対して副業《ふくぎょう》を解禁しようとしているらしい。副業禁止の会社がまだまだ多い中で、割と珍しい会社なんじゃないかなと思う。

「副業解禁に当たって、色々と規則やルールを整えなくちゃいけなくて。斉藤さんの会社って副業認めてたりします?」

「いえいえ全然！　うちは在宅勤務制度すらまだないので……」

「そうですか。もしそういう制度があるなら参考にお聞きしようと思ったんですが」

（あーあ、早くエレベーター来ないかな）

　こっちも体力値が限られているんだから、商談と全く関係ない相談をされたって困ってしまう。

　これもクライアントのご機嫌を取って、未来の新規契約に繋げるため。そう割り切って、雑談にもお付き合いしようか。

「申し訳ありません、うちの人事部に同期がいるので情報を聞いてみますね。でも、いざ副業解禁するよって言われても、あまり私はイメージが湧かないかもです。逆に、御社ではどういう副業を想定してらっしゃるんですか？」

「うちは制作会社だから、デザイナーが多いでしょ？　手に職ある社員は、他社からも業務委託《ぎょうむいたく》の仕事の話がくるみたいで」

「なるほど、デザイナーですか」

「そうなんです。他社からの仕事も副業でやってもらえれば、当社だけでは得られない経験値なんかも得られるじゃないですか。会社にとっても社員にとっても、悪い話じゃないと思いまして」

「はあ、なるほど」

「今の時代、自分のキャリアは自分が責任を持って作って行く世の中ですから。社外での社員の活躍の場を、うちが止めるようなことはしたくないと思っているんですよね」

副業か。

考えたこともなかった。

ようやく下の階行きのエレベーターが到着し、私はさっと中に乗り込んで「開」のボタンを押した。

「本日はお時間ありがとうございました。御見積書ができましたらメールでお送りしますね。あと副業の件も、何か情報があればご連絡致します」

「はい、よろしくお願いします」

クライアントの担当者と私はお互いに深々と頭を下げて、エレベーターの扉が閉まるのを待った。

それにしても、在宅勤務の次は、副業の話か。

私が渡辺さんへの恋にかまけている間に、世の中は容赦《ようしゃ》なく変化していたみたいだ。

私が子供の頃は、お父さんは会社で定年退職まで働くのが当たり前だった。転職して会社を代わったり、ましてや在宅勤務をしたりする姿なんて、一体誰が想像しただろう。

それが今や、「自分のキャリアは自分で作る時代」だって。入社すれば会社が定年まで会社が面倒見てくれる時代は、いつの間にか終わったんだって。

仕事をして、恋をして。それだけでも上手くいかないのに。副業もして在宅勤務もして、自分のキャリアは自分で作りましょう……なんて、一日は二十四時間しかないのをみんな知らないの？

私は美味しいものも食べたいし、芙美と夜中までお酒飲みながらゲームしたいし、髪の毛を巻いたりネイルしたり、たまには旅行にだって行きたいよ。

渡辺さんに失恋して、もう恋なんてしない！　なんて強がっていたけれど、本当は新たな恋だってしてみたい。

人生は、なんでこうもハードなんだろう。

私には頑丈《がんじょう》な装備《そうび》も強い武器もない。

私みたいな一介のハンターが丸腰《まるごし》で戦っていくには、今の社会は大変過ぎる。

◇

品川のオフィスに戻ると、私は営業部行きの低層階エレベーターではなく、人事部行きの高層階エレベーターのボタンを押した。

面倒だけど、人事部に寄って副業の話を聞いておこう。

「副業？　うちの会社は副業NGだけど……菜々、まさか副業したいの!?」

芙美のデスクの隣の空き席に座って話を聞いてみるが、やっぱりうちの会社には副業制度はないようだ。

しかも芙美のこの反応を見ると、導入の検討すらされていないっぽい。

「私が副業したいわけじゃなくて、クライアントから相談されたんだ。ちなみに、なんでうちって副業しちゃ駄目なんだっけ？」

「え？　副業が駄目な、理由？」

芙美の目がキョロキョロと泳ぎ始める。

これは何かを考えているのか、それとも単純に分からないだけなのか。

なかなか答えの出てこない芙美を見かねたのか、芙美の向こう側に座っていた地味眼鏡の藤堂さんが「それはですね」と話し始めた。

「副業は元々法的にNGというわけでもありませんし、厚生労働省はむしろ平成三十年一月に『副業・兼業の促進《そくしん》に関するガイドライン』を策定《さくてい》しています。それ以降は、副業を解禁する企業も増えていますね」

「……そうなんですね」

「しかし副業解禁する場合、乗り越えなければいけない課題は色々とあります」

「へえ……」

「例えばですが、A社とB社という二社にそれぞれ雇用されたケースを考えてみましょう。すると、とんでもなく面倒な手続きが発生するんです」

藤堂さんの眼鏡が、蛍光灯を反射してキランと光る。

まずい、これは話を聞いたらダメなやつだ。絶対に長引いて、営業フロアに戻るのが遅くなってしまう。

（あとから芙美に要約して教えてもらおうっと）

私が椅子から立ち上がろうとすると、隣にいた芙美が無邪気に口を開いた。

「どんな面倒な手続きなんですか？　藤堂さん！」

（芙美――‼　なんで聞いちゃったの！）

芙美が話に乗ってきたのをいいことに、地味眼鏡くんはまた「それはですね」なんて言いながら眼鏡を直してこちらに向き直る。

「副業を開始すると、その分その社員の労働時間が長くなってしまいますよね？　しかし労働基準法では、労働時間の上限は一日八時間、一週間に四十時間と決められています。複数の企業に雇用されている場合は、全ての企業の契約時間を合算して、この基準を超えないようにしなければなりません。A社から見ると、自社の社員とB社が締結している雇用条件まで気にしないといけないわけです」

「なるほど」

（なるほど……って、芙美！　今の話、何か分かるところあった？）

「更に言うと」

（まだ言うの⁉）

「時間外手当の計算も複雑化します。例えばA社で七時間、同じ日の夜間にB社で二時間労働するとします。すると、そもそも一日八時間までしか働けないところを合計九時間働くことになります。あふれた一時間分は残業となり、つまり時間外手当が発生する。じゃあこの時間外手当は、A社とB社のどちらが支払うべきなのかという と……」

「……もういいです‼」

呪文《じゅもん》にしか聞こえないうんちくに嫌気が差して、つい大声を出しながら立ち上がる。

「藤堂さん、でしたっけ？　私、入社してずっと営業しかやってないんで。そんな専門的で細かいことをたくさん言われても、全然分からないんです。もっと簡単に言ってくれませんか？　一言で！」

「一言で……」

「そうです。素人《しろうと》にも分かるように、一言で」

芙美の恋のお相手に対して失礼だけど、この藤堂さんには他人と上手くコミュニケーションを取ろうっていう気持ちはないのだろうか。

相手の状況や理解度を見て、話し方を変えてくれたっていいのに！

私の勢いに負けたのか、藤堂さんは姿勢を正し、右手でそっと眼鏡の位置を直した。

「……斉藤さん、失礼しました。一言で言うと、副業先は他社との雇用ではなく、業務委託で受ける方がやりやすいですね。ただ、仕事が増える分、体調管理にはしっかり気を付けていただかないといけないですが」

「なるほど。雇われてる会社が複数あると、給与計算や労働時間の管理がややこしくなる。業務委託として副業する場合はそのややこしさはないけれど、いずれにしても働き過ぎはよくないよ！　ってことですね！」

私と藤堂さんの間に流れた険悪な雰囲気を和らげようと、芙美が慌てて要約してくれた。藤堂さんよりも、芙美の言うことの方がよっぽど分かりやすいじゃないの。

(芙美は、なぜこの眼鏡男子が好きなんだろう……)

芙美の好みは到底理解できないけれど、私はとりあえず藤堂さんと芙美に御礼を言って人事部フロアをあとにした。

(――副業か)

地味系眼鏡にはとても腹が立ったけど、副業についてはなんとなく分かった。

それに、私みたいに仕事をゲームみたいに考えてその日暮らしで働くことが、今の時代には合ってないんだってことも。

だからと言って、自分を変える？

私は、自分を変えられる？

将来のことでずっと悩んでいた芙美は、今ではちゃんと前を向いている。自分に合った仕事を見つけて、未来を見据えて突き進んでいる。

でも、私は違う。

いつだって私は目の前のことが大事だし、目の前にいる人を幸せにしたい。

会社を変えよう！　社会を変えよう！

なんて、そんな大それたことは考えたこともない。目の前の人たちを幸せにできるなら、別にそれを実現できるフィールドは仕事なんかじゃなくたって構わない。

仕事を辞めて実家に帰って、結婚して。

そうすれば親も喜ぶし、こんな変化の激しい東京に合わせて自分を偽らなくたって、ありのままの自分で好きなように生きていける。

自分の周りが目まぐるしく変わっていくことに、私はもう疲れてしまったのかもしれない。

営業フロアに入る前に、私はいつものクセでお手洗いの鏡で髪やメイクのチェックをする。

するとと、誰もいないお手洗いの中でスマートフォンのバイブレーションがビービーと鳴った。営業カバンから慌ててスマートフォンを取り出すと、もう何年も会っていない大学時代の友人の名前が表示されている。

平日のこんな時間にわざわざ電話をかけてくるなんて、何か嫌なことでも起こったのだろうか。私はその場で通話ボタンを押した。

「久しぶり。うん、今大丈夫。どうしたの……え？　根岸《ねぎし》先生が倒れた⁉」

根岸先生は、私が大学時代に所属していたアカペラサークルの顧問《こもん》をしてくれていた先生だ。昔から本当に良くして下さって、先生のご自宅にお招き頂いたこともあった。先生が趣味でやっているというピアノの演奏に合わせて、みんなで歌ったことも。

「定年退職を迎え、今は夫婦でゆっくり過ごしています」という年賀状をもらったのは、つい半年前のことだったのに。

（先生、倒れたってどういうことなの――？）

◇

自宅とは真反対の方面にある先生の自宅に向かうため、私は慣れない路線の電車に乗り込んだ。

先生の自宅最寄駅で電車を降り、バスに乗り変える。

バス停から先生の家までは、緩やかな坂道が続いている。私は重い営業カバンを抱え、その坂道を駆け上がった。

ヒールで足が擦れてやけに痛むけど、そんなことに構っている暇はない。

しかし、急いで先生の家に駆けつけた私を待っていたのは、意外な展開だった。

「ええっ、ぎっくり腰……⁉」

何かの病気じゃないかと心配したのに、先生が倒れた原因はぎっくり腰だったらしい。

坂道を駆け上がって息が上がっていたことも相まって、私はその場にへなへなと座り込んだ。

「そうなのよ。ただのぎっくり腰よ。誰なの？　斉藤さんにわざわざ電話したのは」

「サークルのメンバーの中で色々と連絡が回っていたみたいで。私に電話くれたのは後輩の松山《まつやま》さんでした。平日の昼間に電話かけてくるなんて緊急事態なんじゃないかと思って。それで慌ててここまで飛んで来ちゃったんです」

「松山さん？　ああ、あの子そのまま大学院に進んだものね。斉藤さんが日中お仕事していることを忘れて電話しちゃったのかしら」

「ああ、そうなんだ……」

　腰が痛くて動けないのか、先生はソファに深く座ったままで、両手を合わせて謝るようなポーズをした。ぎっくり腰だって馬鹿にはできないが、何か死に至るような大きな病気じゃなくて良かった。

　呆然としている私を見て、根岸先生は温かく微笑む。

「ただのぎっくり腰のためにこんなおばあちゃんのところまで飛んできてくれるのは、斉藤さんくらいよ。お仕事はどう？　頑張ってる？」

「……うーん、あまり上手くはいっていないです」

「そうなの？」

「別に、今の仕事が嫌なわけじゃないんですけど。なんだか世の中の変化に自分が付いて行けなくて怖いんですよね。静岡の実家に戻って結婚でもした方が、性に合っているのかなって思い始めてます」

「そうかなあ？」

　先生の優しい顔を見ているうちに鼻の奥がツーンとして、じんわりと涙が溢れてくる。

　別に誰かに慰めてもらいたかったわけじゃない。

　私だってもういい大人だし、失恋しようが仕事で挫折《ざせつ》しようが、自分の機嫌は自分で取るべきだと思っている。

それでも、坂道を走った時にできた靴擦れ、先生の痛々しい姿、私を置いてどんどん成長していく親友、突然の失恋……色んなことが重なって抱えきれなくなって、私もどうしたらいいか分からないのだ。

手の甲で涙を拭った私に、根岸先生は言葉を続ける。

「斉藤さんは、リーダーとか管理職とかに向いていると思うのよ」

「……え？　先生、どういうことですか？」

「あなたは少し雑なところもあるけれど、目標に向かって一心不乱《いっしんふらん》に突き進むことができる、推進力のある人材だと思うの。そういう子はリーダーに向いてる。特に斉藤さんは誰とでもすぐに打ち解けるし、人の懐に飛び込んできて親身になって話を聞いてくれるじゃない？　周りに慕われる良いリーダーになれると思う」

「リーダーだなんて……考えたことなかったです」

リーダーってなんだろう。

営業一課課長の今西さんや、稼ぎ頭の渡辺さんのこと？

いずれにしても、私みたいに雑で頼りない人にリーダーなんて務まるとは思えない。

「私は斉藤さんのお仕事を詳しく知らないから、的外れだったらごめんなさいね。でもあなたは一旦狙いを定めたら、誰よりも強い。猛スピードで突き進んで行くからこその過程でボロが出ることがあるかもしれないけど、フォローしてくれる人はきっと周りにたくさんいるはずよ」

「先生、そんな風に言ってくれてありがとうございます……」

（リーダーか。こんな私も、一つくらいは武器を持っていたってことなのかな？）

リーダーかどうかは置いといて、先生の言う一心不乱という言葉は、自分でもしっくりくる気がする。

なんと言っても私は、渡辺さんの様子がおかしいと思ったら、芙美を連れてこっそり電車で尾行してしまうほど、恋に盲目な乙女《おとめ》なのだ。

（一心不乱《いっしんふらん》、推進力、周りに慕われるリーダー……）

先生からの言葉を頭の中で反芻しながら、私が不動前のマンションに帰ったのは二十二時近くのことだった。

スマートフォンをチェックする余裕もなくて、家に帰って初めて芙美から届いていたメッセージに気付く。

『菜々、今日大丈夫だった？　藤堂さんが難しいこといっぱい言っちゃってごめんね！』

芙美のメッセージのあとには、可愛らしい猫のキャラクターが土下座をするスタンプが続いていた。

私が藤堂さんに失礼な口を叩いて険悪な雰囲気にしてしまったから、芙美はそれを気にしてくれていたんだろう。大好きな藤堂さんのことだけじゃなく、私のこともきっちりフォローしようとしてくれる芙美は、本当に真面目な子だ。

(もう……むしろ私の方が失礼なこと言ったのに。芙美ったら)

営業カバンを置いて部屋着に着替え、ベッドに寝転んで、私はスマートフォンのメッセージアプリをもう一度開く。

『全然！　藤堂さんの言ってること意味不明だったから、芙美が翻訳《ほんやく》してくれて助かったw』

私がそう返信すると、数分も経たないうちに今度は芙美からの着信。スマートフォンをスピーカー設定にして、寝転んだまま電話に出た。

「もしもし、芙美？」

『菜々！　今、大丈夫だった？　今日はごめんね！　本当に申し訳ない！』

「いやいや、私こそアホすぎてごめん。自分で質問したクセに、ものすごい失礼な態度取っちゃった」

『藤堂さんって、いつもあんな感じなの。人事ネタになるとめっちゃ早口で語り出すんだ』

「はあ……オタクあるあるだよね。それよりも芙美、あんな眼鏡男子のどこがいいのよ？」

『え!?　藤堂さんのいいところ？　それはね、やっぱり私が何か分からないことがあった時とかに、いつもすぐに……』

「ああ、ごめん！　聞いた私がバカだった！」

危ない危ない。今度は芙美から、藤堂さんに関する長い長いのろけ話を聞かされるところだった。長話は、今はもうご遠慮《えんりょ》したい。

やっぱり私と芙美の男性の好みは全く違う。

私は私、芙美は芙美。

雑だけど一心不乱《いっしんふらん》に突き進む私と、丁寧に着実に進んで行く芙美。

好みのタイプも違えば、性格も違う。得意なことだって、きっと別々。

（なんだか私、必要以上に焦っちゃってたのかも）

根岸先生や芙美と話しているうちに、私は私のままでいいんだという気がしてきた。

「ふふっ。藤堂さんってさ、なんだかマイペースな人だね」

『でしょ？　人事に来て初めて知ったんだけど、うちの社内だけでも本当に色んな人がいるよ。もちろん藤堂さんもキャラが濃いけど、他にも色々』

「色んな人か。私もその色んな人の中の一人？」

『そうだよ。菜々も、色んな人の中の一人。もちろん、私も』

「……ねえ、芙美。私の強みって何かな？」

『菜々の強み？　それはね……どんなことがあっても絶対に味方してくれる！　っていう安心感かな？　あと、こうと決めたら突っ走るところとか。だから菜々は営業職に向いてると思うんだよね』

「……ふふっ」

『何が面白いの？』

「ううん。なんか、別に大丈夫かなって思えてきちゃった！」

焦ったって仕方がない。

私はまだ社会人四年目で、これからの人生の方が何倍も長いのだから。

これまで自分の強みなんて考えたこともなかったけれど、根岸先生からも芙美からも同じようなことを言われて気が付いた。

私も私なりに強い武器を持っているんだな、と。

(もう少しお仕事頑張って、将来のことはゆっくり考えてみようかな)

いつか自然に将来のことを考えられるようになるまで、今は目の前のお仕事を一つ一つクリアして行く。そうすればいつか自然にレベルアップして、見える景色も違ってくるのかもしれない。

◇

「渡辺さん、おはようございます！」

「おお、菜々。おはよ」

翌朝、出勤途中で偶然一緒になった渡辺さんに、また以前のように元気に挨拶することができた。

さあ、私も次の恋に向かって進もうじゃないか。新しい恋を探すのも、私にとっては仕事と同じでゲームみたいなものだ。楽しんで行こう！

「そうだ、渡辺さん！　赤ちゃん生まれたら、写真見せて下さいね」

「おう。嫌って言うほど写真送るから覚悟しといて」

「うわっ！　一枚だけでいいです。厳選したやつでお願いします！」

「ほら、そうやって菜々はすぐに面倒くさがるんだから」

面倒ごとが嫌いな性格は、渡辺さんにもしっかりバレているみたいだ。

「あ、そうだ！　渡辺さん、育児休業取ればいいじゃないですか？」

「え？　ああ……それ、人事の同期の藤堂にも言われた。でもなかなか仕事に長く穴を開けるわけにもいかないしなあ」

「大丈夫ですよ。私が渡辺さんの留守を守りますから。リーダー代理として！」

「おお。なんだか菜々、仕事楽しそうじゃん？」

「そうですか？　何事も、楽しんでやった方がお得かなって思って」

次に私が狙うのは、営業一課のリーダーポジション。

見ていて下さい、渡辺さん。

私は一度目標を定めたら一心不乱《いっしんふらん》に突き進む、強き乙女《おとめ》なんですから！

策謀だらけの後宮に禁断の恋が花開く!?

「予知の巫女」と呼ばれていた祖母を持つ娘、春玲《しゅんれい》は困窮した実家の医院を救うため後宮に上がった。後宮の豪華さや自分が仕える皇子・湖月《げつ》の冷たさに圧倒されていた彼女はひょんなことから祖母と同じ予知の能力に目覚める。その力を使い「後宮の華」と呼ばれる妃、飛《ひ》藍の失せ物を見つけた春玲はそれをきっかけに実は飛藍が男であることを知ってしまう。その後も、飛藍の妹の病や湖月の隠された悩みを解決し、心を通わせていくうちに春玲は少しずつ二人の青年の特別な存在となり…… 掟破りの中華後宮譚、開幕!

定価:726円(10%税込み)　978-4-434-33088-9

イラスト:淵

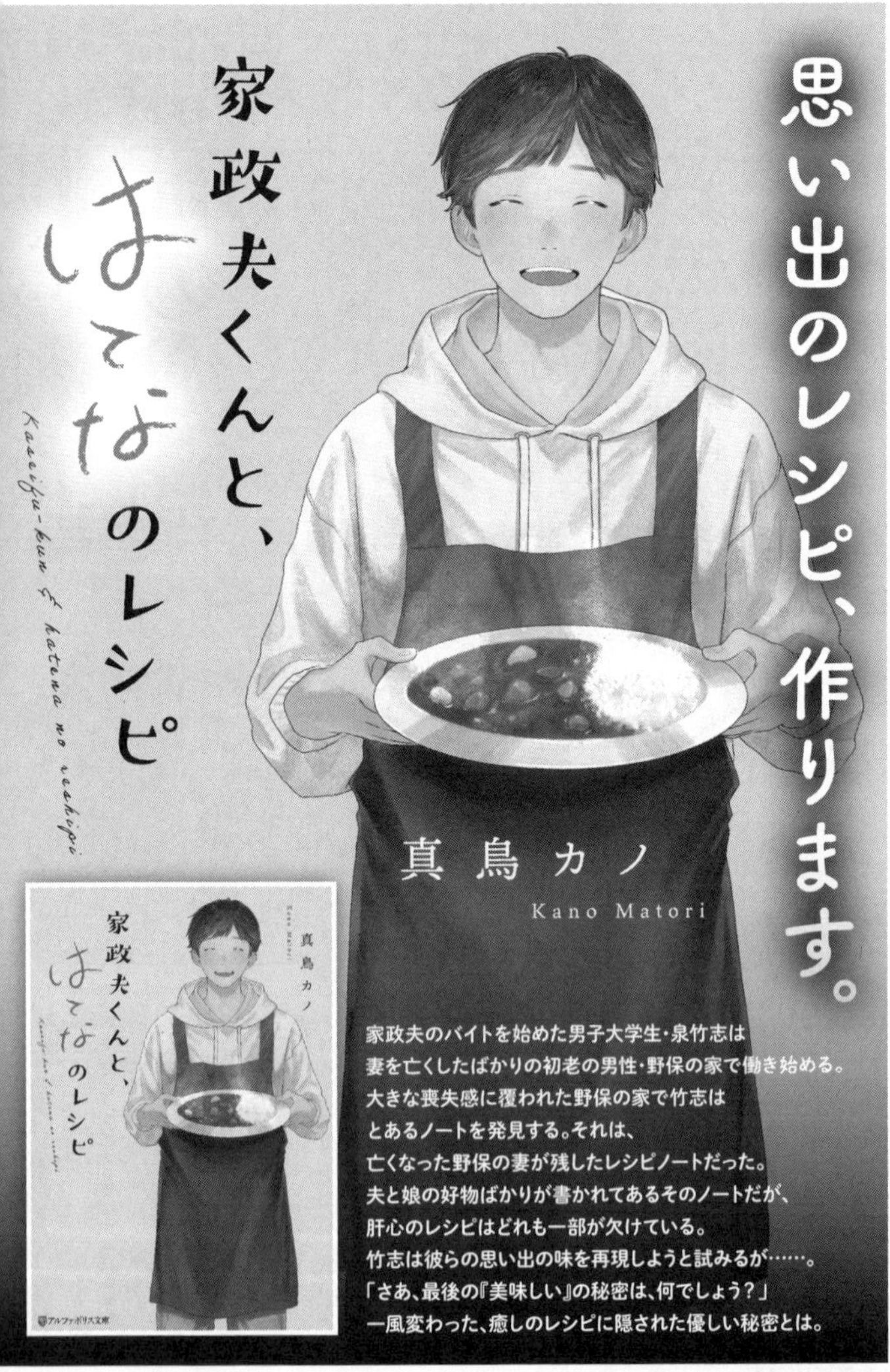

家政夫くんと、はてなのレシピ
思い出のレシピ、作ります。
真鳥カノ
Kano Matori
家政夫のバイトを始めた男子大学生・泉竹志は
妻を亡くしたばかりの初老の男性・野保の家で働き始める。
大きな喪失感に覆われた野保の家で竹志は
とあるノートを発見する。それは、
亡くなった野保の妻が残したレシピノートだった。
夫と娘の好物ばかりが書かれてあるそのノートだが、
肝心のレシピはどれも一部が欠けている。
竹志は彼らの思い出の味を再現しようと試みるが……。
「さあ、最後の『美味しい』の秘密は、何でしょう?」
一風変わった、癒しのレシピに隠された優しい秘密とは。

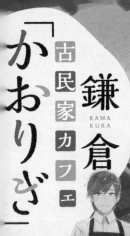

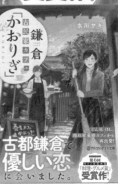

この作品に対する皆様のご意見・ご感想をお待ちしております。

おハガキ・お手紙は以下の宛先にお送りください。

【宛先】

〒150-6008 東京都渋谷区恵比寿 4-20-3 恵比寿ｶﾞｰﾃﾞﾝﾌﾟﾚｲｽﾀﾜｰ 8F
（株）アルファポリス　書籍感想係

メールフォームでのご意見・ご感想は右のＱＲコードから、
あるいは以下のワードで検索をかけてください。

アルファポリス　書籍の感想　検索

ご感想はこちらから

アルファポリス文庫

こちら、地《じ》味《み》系《けい》人《じん》事《じ》部《ぶ》です。　～眼《め》鏡《がね》男《だん》子《し》と恋《こい》する乙女《おとめ》～

秦 朱音（はた あかね）

2023年 12月 25日初版発行

編集ー加藤美侑・森 順子
編集長ー倉持真理
発行者ー梶本雄介
発行所ー株式会社アルファポリス
〒150-6008東京都渋谷区恵比寿4-20-3 恵比寿ｶﾞｰﾃﾞﾝﾌﾟﾚｲｽﾀﾜｰ8F
TEL 03-6277-1601（営業）　03-6277-1602（編集）
URL https://www.alphapolis.co.jp/
発売元ー株式会社星雲社（共同出版社・流通責任出版社）
〒112-0005 東京都文京区水道1-3-30
TEL 03-3868-3275
装丁イラストーMinoru
装丁デザインーしおざわりな（ムシカゴグラフィクス）
印刷ー中央精版印刷株式会社

価格はカバーに表示されてあります。

落丁乱丁の場合はアルファポリスまでご連絡ください。

送料は小社負担でお取り替えします。


ISBN978-4-434-33090-2 C0193